Die drei ???®

Dämon der Rache

Die drei ???®

Dämon der Rache

Erzählt von Hendrik Buchna

KOSMOS bei CARLSEN

Außerdem in der Reihe Die drei ???® bei Carlsen lieferbar:
Die drei ??? – Codename Cobra
Die drei ??? – Das Geheimnis der Diva
Die drei ??? – Der Fluch des Rubins
Die drei ??? – Der namenlose Gegner
Die drei ??? – Die geheime Treppe
Die drei ??? – Die Höhle des Grauens
Die drei ??? – Die sieben Tore
Die drei ??? – Die Spur des Spielers
Die drei ??? – Doppelte Täuschung
Die drei ??? – Fußball-Teufel
Die drei ??? – Grusel auf Campbell Castle
Die drei ??? – GPS-Gangster
Die drei ??? – Im Schatten des Giganten
Die drei ??? – Im Zeichen der Schlangen
Die drei ??? – Nacht der Tiger
Die drei ??? – Pfad der Angst
Die drei ??? – Pistenteufel
Die drei ??? – Rufmord
Die drei ??? – Spuk im Netz
Die drei ??? und das Aztekenschwert
Die drei ??? und der Feuergeist / Nacht in Angst
Die drei ??? und der Fluch des Rubins
Die drei ??? und der lachende Schatten
Die drei ??? und der Meister des Todes
Die drei ??? und der sprechende Totenkopf / und die brennende Stadt
Die drei ??? und der Tanzende Teufel
Die drei ??? und der verschollene Pilot
Die drei ??? und die Fußball-Falle
Die drei ???-Schuber (4 Bände)

MIX
Papier aus verantwortungsvollen Quellen
FSC® C083411
FSC www.fsc.org

Veröffentlicht im Carlsen Verlag
Oktober 2017
Mit freundlicher Genehmigung des Franckh-Kosmos Verlages
und der Universität von Michigan

Based on characters by Robert Arthur
Umschlagbild: Helge Vogt, trickwelt.com
Umschlaggestaltung: formlabor
Corporate Design Taschenbuch: bell étage
Gesetzt aus der Bembo von Dörlemann Satz, Lemförde
ISBN 978-3-551-31555-7

Carlsen-Newsletter: Tolle Lesetipps kostenlos per E-Mail!
Unsere Bücher gibt es überall im Buchhandel und auf carlsen.de.

Die drei ???®

Dämon der Rache

Der einzige Zeuge

Fünf Meter. Zehn. Fünfzehn.

Immer weiter stieg der Heißluftballon in die Lüfte auf. Begeistert genossen Peter, Bob und Justus, dem man seine leichte Höhenangst kaum anmerken konnte, den grandiosen Rundum-Blick auf den malerischen Strand von Rocky Beach und die schier endlose Weite des Pazifiks. Es war ein traumhaftes Panorama, das sich an diesem strahlend schönen Augustnachmittag vor ihnen entfaltete. Die Schaumkronen der anbrandenden Wellen glitzerten silbrig im Sonnenlicht und eine sanfte Brise blies den grellroten Ballon allmählich in Richtung Westen, immer die Küstenlinie entlang.

Vor einer Woche hatte Bob den Rundflug für drei Personen bei der großen Tombola eines Sommerfestes in der Harbour View Lane gewonnen und an diesem Freitag war es nun so weit. Nachdem drei Tage zuvor ein für diese Jahreszeit ungewöhnlich heftiges Gewitter landeinwärts gezogen war, herrschten nun ideale Wetter- und Windbedingungen. Deshalb hatte Mr Lloyd, der Ballonführer, Bob mittags telefonisch informiert, dass sie gegen vier Uhr starten könnten. Es verstand sich von selbst, dass der Dritte Detektiv seine Freunde Justus und Peter einlud, bei diesem außergewöhnlichen Vergnügen dabei zu sein. Beide hatten natürlich sofort zugesagt und sich riesig gefreut.

Für einen Moment hielt der Zweite Detektiv genießend inne und atmete tief ein. Alles war rundum großartig. Eigentlich fehlte nur noch –

Plötzlich hielt er abrupt inne, als sei er von einem elektrischen Schlag getroffen worden. Gerade hatte Peter seinen Blick nach unten über ein einsam gelegenes Küstengrundstück schweifen lassen, in dessen Mitte ein kleiner See lag. Der weitläufige Garten war nach allen Seiten hin von einer hohen Hecke abgeschirmt. Auf der Nordseite des Grundstücks ragte ein zweigeschossiges, verwinkeltes und verschachteltes Holzhaus mit Eckturm auf, das in Peter sofort Erinnerungen an die berühmten viktorianischen Viertel in San Francisco weckte.

Was ihm jedoch den Atem stocken ließ, war nicht das seltsam düster wirkende Gebäude, sondern die unglaubliche Szene, die sich zwanzig Meter davor abspielte: Eine schlanke Frau mit wirrem, grauem Haar und dunkelgrünem Kleid rannte panisch auf die Veranda des Hauses zu – verfolgt von einer hünenhaften Gestalt mit zerfetztem schwarz glänzendem Mantel, die in ihrer hoch erhobenen rechten Hand eine riesige, altertümliche Harpune schwang! Urplötzlich verharrte der Verfolger, als wittere er seinen heimlichen Beobachter, und wandte den Kopf ruckartig nach oben.

Dem Zweiten Detektiv blieb fast das Herz stehen, als er unter dem breitkrempigen Hut eine grässlich entstellte Fratze erkannte, die kaum noch menschliche Züge trug. Die lederartige Haut des Fremden schimmerte grau im

Sonnenlicht und war mit fürchterlichen Narben bedeckt. Zwei übergroße, lidlose Augen starrten ausdruckslos zu Peter herauf und die ölig verschmierten Lippen entblößten einen schwarzen Schlund, der an das grässliche Maul eines Hais erinnerte.
Doch gerade als Peter sich aus seiner Starre löste und seine Freunde mit einem lauten Schrei auf das unfassbare Geschehen aufmerksam machen wollte, wurde der Ballon von einer Windbö erfasst und heftig durchgeschüttelt. Als Peter wieder nach unten schaute, war weder von der Frau noch von der albtraumhaften Gestalt die geringste Spur zu finden.
»Habt ihr … habt ihr das gerade gesehen?«, fragte er hektisch in die Runde.
Verdutzt blickten ihn Justus, Bob und Mr Lloyd an.
»Was meinst du?«, fragte der Erste Detektiv irritiert.
»Na, diesen Monsterkerl mit Harpune, der die Frau gejagt hat! Direkt unter uns!«
Hastig beugten sich alle über die Gondelreling, konnten jedoch nichts Auffälliges entdecken. Grinsend wandte sich Justus wieder um. »Du willst uns verkohlen, stimmt's? Fast wäre ich drauf reingefallen.«
»Das ist kein Scherz!«, widersprach Peter aufgeregt. »Da unten war eine unheimliche Gestalt mit Hut und Mantel, die eine Frau verfolgt hat! Dieses … Wesen hatte eine altmodische Harpune, wie sie früher von Walfängern benutzt wurden. Und statt eines Gesichts hatte es eine schreckliche Fischfratze wie ein … Hai-Zombie!«

»Vielleicht wird hier ja gerade ein Horrorfilm gedreht und du konntest einen exklusiven Blick auf den Hauptdarsteller werfen«, schlug Bob augenzwinkernd vor.
Gereizt deutete Peter nach unten. »Und wo ist dann das Filmteam? Haben die alle Tarnkappen auf oder wie?«
Mit skeptischer Miene tippte sich Justus an die Unterlippe. »Wenn dieser Fischmensch einen Hut getragen hat, wie konntest du dann sein Gesicht erkennen?«
»Weil er zu mir hochgeglotzt hat, verflixt noch mal!« Entnervt fuhr sich Peter durch die schweißnassen Haare. »Warum sollte ich mir so etwas Irrsinniges wohl ausdenken?«
Der Ballonführer hob beschwichtigend die Hand. »Peter, ich weiß zwar nicht, was du da gesehen hast, aber bei der blendenden Sonne und den unruhigen Schatten da unten können die Sinne schon mal getäuscht werden, zumal aus dieser Höhe. Das kann jedem passieren.«
Der Zweite Detektiv verdrehte die Augen. »Ich irre mich ganz sicher nicht – da war dieser Höllen-Harpunier, der es auf eine Frau abgesehen hatte! Das … können wir doch nicht einfach auf sich beruhen lassen!«
»Es wird uns kaum etwas anderes übrig bleiben«, entgegnete Mr Lloyd, dem deutlich anzusehen war, dass er Peters Beobachtung für ein Hirngespinst hielt. »Ein Ballon ist schließlich kein Helikopter, den man beliebig steuern und anhalten kann.« Tatsächlich hatte sich der Heißluftballon inzwischen schon gut hundert Meter von dem Küstengrundstück entfernt. »Außerdem sind die Bodenverhältnisse

mit der steil abfallenden Uferböschung viel zu unsicher, um hier eine Landung zu wagen.«
»Und ein Handy-Anruf bei der Polizei wäre wohl wenig zweckdienlich«, ergänzte der Erste Detektiv mit nur mühsam unterdrücktem ironischem Unterton. »Wenn du denen erzählst, dass du einen gefährlichen Hai-Zombie gesehen hast, legen die schneller auf, als du ›Harpune‹ sagen kannst.«
Trotzig wandte sich Peter ab und blickte aufs Meer hinaus. Das war mal wieder typisch! Wenn nicht er, sondern Bob diese Gruselgestalt gesehen hätte, wäre Justus vermutlich längst mit einem selbst gebastelten Gleitschirm abgesprungen, um der Sache auf den Grund zu gehen. Aber weil ja Hasenfuß Peter der Zeuge war, musste es natürlich eine optische Täuschung gewesen sein, ganz klar!
Nach einer Weile trat der Erste Detektiv an Peter heran und räusperte sich zaghaft. Er spürte, wie aufgewühlt sein Freund noch immer war. »Du … bist wirklich sicher, dieses ›Monster‹ gesehen zu haben?«
Langsam drehte sich Peter zu ihm um und blickte Justus fest in die Augen. Den folgenden Satz sprach er so langsam und deutlich aus wie ein Lehrer, der seinem begriffsstutzigen Schüler zum zehnten Mal erklären muss, dass zwei und zwei wirklich vier ergibt: »Ich. Habe. Mir. Das. *Nicht.* Eingebildet!«
Aufmunternd knuffte ihm Justus in die Seite. »Ein Vorschlag zur Güte: Um unserer Pflicht als verantwortungsbewusste Detektive gerecht zu werden, fahren wir nach unserer

Rückkehr mal bei diesem Grundstück vorbei und schauen nach dem Rechten. Dann wird sich ja herausstellen, ob dort ein grässlicher Hai-Mensch umherwandelt.«

Justus' Lächeln wäre sicherlich weniger breit ausgefallen, wenn er die dunkle Gestalt im Schatten einer verdorrten Pinie bemerkt hätte, die dem davonschwebenden Ballon aus handtellergroßen Fischaugen hinterherstarrte.

Das Dunkelhaus

Die restliche Ballonfahrt verlief ohne weitere Zwischenfälle. Knapp eine Stunde später setzte Mr Lloyd am vorgesehenen Punkt nahe Paradise Cove, nordöstlich von Malibu, zur Landung an. Nachdem der Ballon auf dem Anhänger eines Pick-ups verstaut war, ging es zurück nach Rocky Beach. Während der Fahrt rang sich Peter nach einiger Überzeugungsarbeit von Justus und Bob zu dem Eingeständnis durch, dass es sich bei der ganzen Sache auch um einen makabren Scherz gehandelt haben könnte. Schließlich waren den drei Detektiven im Laufe der Zeit schon so einige exzentrische Menschen mit höchst merkwürdigen Hobbys begegnet. So beschlossen sie, den »Hai-Zombie« auf der Notfall-Skala einige Stufen herunterzusetzen und zunächst zum Abendessen nach Hause zu fahren.

Daheim angekommen, stieß der Erste Detektiv beinahe mit einer auffällig gekleideten Dame zusammen, die soeben das Gelände des Gebrauchtwarencenters T. Jonas verließ. Verdutzt erkannte er, dass es sich um die »Kakadu-Lady« handelte – eine etwa fünfzigjährige Kundin, die vor einiger Zeit schon einmal zu Besuch gewesen war. An jenem Nachmittag hatte Justus sie nur von Weitem gesehen, aber ihm war sofort ihr schriller Kleidungsstil ins Auge gefallen, dem sie nun ihren Spitznamen verdankte.

Neben dem grell pinkfarbenen Sommerkleid hatte vor allem ihr buschiges Federhütchen, das sie auch jetzt trug, sofort Assoziationen an den Kopfschmuck eines Kakadus geweckt. Hinzu kam, dass die Frau geradezu süchtig nach Kürbiskernen zu sein schien, die sie ständig aus einer Tüte gezupft und mit den Zähnen geknackt hatte.
Jetzt erkannte der Erste Detektiv seinen Onkel in der Freiluftwerkstatt und ging lächelnd auf ihn zu. »Na, was wollte die Kakadu-Lady denn heute?«
»›Kakadu‹ trifft den Nagel auf den Kopf«, erwiderte Onkel Titus schmunzelnd. »Sie war noch mal wegen der scheußlichen Porzellanuhr hier. Du weißt schon, dieses schwülstige Ding mit dem weißen Kranich obendrauf.«
Justus nickte amüsiert. »Ein echter Kitsch-Traum. Die stammte doch aus dem Räumungsverkauf dieses großen Secondhand-Warenhauses in Solana Beach, bei dem du letzten Monat mächtig zugeschlagen hast, stimmt's?«
»Genau«, bestätigte Onkel Titus. »Wegen irgendwelcher Komplikationen hat sich die Auslieferung bis jetzt verzögert, aber in Kürze wird's wohl so weit sein. Allerdings wollte die Dame nicht so lange warten und hat schon heute bezahlt, damit ihr auch ja niemand das Prachtstück wegschnappt.«
»Woher wusste sie eigentlich, dass du der neue Besitzer bist?«, wollte Justus wissen.
»Sie hatte wohl wie ich den Flyer des Warenhauses gelesen, kam aber zu spät. Vom Eigentümer hat sie dann den Namen des Käufers erbeten. Damals ist sie direkt hergekommen,

um ihr Interesse an der Uhr anzumelden, und heute hat sie sie dann im Voraus bezahlt.« Er zwinkerte belustigt. »Das nennt man echten Einsatz.«
Der Erste Detektiv grinste. »Kein Wunder – Kakadu und Kranich passen ja auch ideal zusammen.«
Gegen acht Uhr trafen sich die drei Detektive wie verabredet am Schrottplatz und machten sich von dort aus mit ihren Fahrrädern auf den Weg. Als sie zwanzig Minuten später ihr Ziel erreichten, brach bereits die Dunkelheit herein. Erst jetzt bemerkten die Jungen, dass die mächtigen Heckenreihen nicht den einzigen Schutz des Grundstücks darstellten. Ein gut zwei Meter hoher eiserner Zaun umschloss das gesamte Gelände. Nachdem sie ihre Räder angeschlossen hatten, nahmen sie das Eingangstor in Augenschein. Neben der mächtigen Pforte waren zwei Briefkästen angebracht: ein altmodisch verschnörkelter, auf dem mit Messingbuchstaben der Namen PEMBROKE stand, und darunter ein moderner Briefkasten aus Aluminium, auf den jemand mit Filzstift FORRESTER geschrieben hatte.
Da er nirgendwo eine Klingel fand, öffnete Justus kurzerhand das stark quietschende Tor. Zögernd beschritten die Detektive einen ungepflegten Kiesweg, der durch den weitläufigen Garten führte. Die aufziehende Dunkelheit verstärkte noch die düster-abweisende Stimmung, die über dem Gelände lag. Das Grundstück wirkte deutlich größer als aus der Luft, beinahe wie ein Park. Der See schimmerte wie ein schwarzer Spiegel im Mondlicht.
Argwöhnisch blickte Justus sich um. »Was auch immer uns

erwartet, eines können wir schon jetzt festhalten: Dieser Ort ist alles andere als einladend.«

»Das ist noch milde ausgedrückt«, erwiderte Peter angespannt. »Hier würde sogar Dracula eine Gänsehaut kriegen.«

»Ich möchte die Stimmung ja nicht zusätzlich trüben«, meldete sich nun Bob zu Wort und blickte skeptisch auf sein Handy, »aber ich fürchte, wir befinden uns hier in einem fetten Funkloch. Wenn's wirklich brenzlig wird, müssen wir alleine klarkommen.«

Der Zweite Detektiv schnaufte kopfschüttelnd. »Na wunderbar, das wird ja immer besser …«

Wenig später ragte das verwinkelte Wohnhaus mit dem großen Eckturm als finsterer Schatten vor den Jungen auf.

Irritiert wanderte Bob mit seinem Blick die von zahlreichen Erkern und Giebeln gesäumte Fassade ab. »Seltsam … nirgendwo ist Licht zu sehen.«

»In der Tat eigenartig«, stimmte Justus zu. »Entweder ist niemand im Haus – oder die Fenster sind alle verhängt. Mal sehen, was zutrifft.« Zielstrebig stieg er die Stufen der rund um das Haus herumreichenden Veranda hinauf und betätigte in Ermangelung eines Klingelknopfs den schweren Ring eines altmodischen Türklopfers. Nur wenige Sekunden später erklangen dumpfe Schritte. Ein Schlüssel wurde mehrfach im Schloss herumgedreht und die Tür öffnete sich mit einem lauten Knarren.

Peter, der unwillkürlich den Atem angehalten hatte, zwinkerte überrascht. Vor ihnen stand ein spindeldürrer, hohlwangiger Mann in der abgewetzten Uniform eines Butlers. Seine weiß behandschuhte rechte Hand umschloss einen achtarmigen Kerzenhalter, der abgesehen vom Mond die einzige Lichtquelle darstellte. Das Seltsamste waren jedoch die Haare des Mannes. Er war nahezu vollkommen glatzköpfig, bis auf die beiden schwarzen Zöpfe, die knapp oberhalb der Ohren ansetzten und bis zur Hüfte hinabreichten. Sie rahmten das knochige Gesicht des Butlers ein wie ein groteskes Porträtbild. Mit stechenden Augen fixierte der Mann die Jungen.

»Was wollt ihr?«, fragte er mit schneidend scharfer Stimme.

Instinktiv beschloss Justus, Vorsicht walten zu lassen und zunächst auf die Erwähnung des schaurigen Fischmenschen zu verzichten. Stattdessen setzte er sein freundlichstes Lächeln auf und deutete auf Bob und Peter.

»Meine Freunde und ich haben eine Wanderung unternommen und dabei müssen wir irgendwie vom Weg abgekommen sein.« Bei einem unauffälligen Blick in den dunklen Flur entdeckte er an der Garderobe mehrere altertümliche Damenhüte. Hier schien also tatsächlich eine Frau zu wohnen. »Könnten Sie die Hausherrin bitte fragen, ob wir kurz ihr Telefon benutzen dürfen?«

»Ausgeschlossen«, erwiderte der Butler barsch. »Mrs Pembroke hat sich bereits zur Ruhe begeben und duldet keinerlei Störung. Verschwindet!« Damit ließ er die verdutzten Detektive einfach stehen und schloss die Tür wieder.

»Wie überaus gastfreundlich«, murmelte Bob grimmig. »Ich

dachte schon, diese bezopfte Vogelscheuche zieht gleich einen Zauberstab und verwandelt uns in Sumpfkröten.«
»Zumindest wissen wir jetzt, dass ich mich nicht geirrt habe!«, stellte Peter mit Genugtuung fest. »Ich habe heute Nachmittag eine Frau gesehen, hinter der dieser Monster-Harpunier her war. Und jetzt ist sie im Haus.«
»Für diese Mutmaßung gibt es noch keinerlei handfesten Beweis«, entgegnete Justus und runzelte die Stirn. »Ich gebe jedoch zu, dass mich dieses sonderbare Haus und das feindselige Verhalten des Butlers stutzig machen. Rechnet man alle seltsamen Elemente einschließlich deiner Beobachtung zusammen, so bleibt unterm Strich doch ein recht beachtliches Fragezeichen, mit dem wir dieses Haus versehen sollten. Daher schlage ich vor, dass wir eine kleine Außenbegehung unternehmen. Die üppige Vegetation dürfte uns ausreichend Deckung für dieses Unterfangen bieten.«
So leise und vorsichtig wie möglich begannen die drei Detektive mit ihrer Späh-Aktion. Dabei ließen sie ihre mitgenommenen Taschenlampen natürlich ausgeschaltet, um keine Aufmerksamkeit zu erregen. Verwundert stellten sie fest, dass die Fenster, sofern einsehbar, tatsächlich alle mit dunklen Gardinen verhängt waren, die nicht den geringsten Blick ins Innere zuließen. Selbst die Fenster der angrenzenden Holzgarage waren mit Vorhängen zugezogen. Geräusche waren ebenfalls nicht zu vernehmen; es herrschte Totenstille. Soeben wollte Justus notgedrungen das Signal zum Aufbruch geben, da stieß ihn Bob plötzlich an.
»Da … da drüben am Fenster!«, flüsterte er aufgeregt.

Überrascht blickten Justus und Peter in die gewiesene Richtung. Und tatsächlich – am hintersten Erdgeschossfenster auf der Nordseite waren die Vorhänge ein wenig beiseitegeschoben worden. Das blasse Gesicht eines etwa dreizehnjährigen blonden Jungen starrte mit weit aufgerissenen Augen zu ihnen herüber. Er sah aus, als sei ihm gerade der Teufel persönlich begegnet. In seinem Blick spiegelte sich nackte Angst und er schien am ganzen Leib zu zittern.
Zögernd trat Justus aus der Deckung einer knorrigen Küsteneiche in den matten Schein des Mondes hinaus und hob in einer besänftigenden Geste beide Hände, um zu signalisieren, dass er keine bösen Absichten hatte. Doch da war das Gesicht schon wieder verschwunden. Unsicher schaute der Erste Detektiv zu Bob und Peter hinüber. Als er gerade wieder umdrehen wollte, bewegten sich die Vorhänge erneut und der Junge kehrte ans Fenster zurück. In seinen schmalen Händen hielt er ein Stück Papier, das er nun fest gegen die Scheibe drückte. Trotz der Dunkelheit waren die Buchstaben klar und deutlich zu erkennen: HILFE!
Sofort begannen bei den drei Detektiven sämtliche Alarmglocken zu läuten. Geduckt eilten sie zu dem Fenster hinüber. Der Junge hielt den Griff fest umklammert und rüttelte daran. Das Fenster schien zu klemmen, doch mit vereinten Kräften schafften sie es schließlich, die Scheibe hochzuziehen. Im Inneren des Zimmers war es stockdunkel.
»Wer … seid ihr?«, fragte der Junge ängstlich, während er instinktiv einen Schritt zurückwich. Da er immer noch

sehr eingeschüchtert wirkte und die Situation vollkommen unübersichtlich war, blieben Justus, Peter und Bob sicherheitshalber zunächst vor dem Fenster stehen. Im Notfall konnten sie ja immer noch hineinklettern.

»Mein Name ist Justus Jonas«, erklärte der Erste Detektiv im Flüsterton. »Und das hier sind meine Freunde Peter Shaw und Bob Andrews. Wir sind hier, weil Peter heute Nachmittag etwas Seltsames in eurem Garten gesehen hat. Eine unheimliche Gestalt, die eine Frau verfolgte.«

Schockiert zuckte der Junge zusammen. »Oh nein ... Dann ist er zurückgekommen! Er muss sie in den Garten gelockt haben!« Mit bebenden Lippen starrte er an den Detektiven vorbei in die Finsternis.

»Wer?«, fragte Peter beunruhigt. »Von wem redest du?«

Doch der Junge schien gar nicht mehr zuzuhören. Panisch deutete er in die undurchdringliche Dunkelheit des Gartens hinaus. »Ihr müsst hier weg, schnell! Er ist irgendwo da draußen und streift umher wie ein böses Tier. Wenn er euch erwischt, seid ihr verloren!«

Fassungslos blickten Peter und Bob einander an. Selbst den abgeklärten Justus brachte diese verstörende Aussage kurzzeitig aus dem Gleichgewicht. Dann jedoch strafften sich seine Gesichtszüge und er streckte auffordernd eine Hand aus. »Wir lassen dich nicht allein. Komm mit uns!«

Abwehrend hob der Junge die Arme. »Nein ... nein, ich kann meine Tante nicht im Stich lassen! Wenn ich das Haus verlasse, bricht der Zeichenbann ...«

»Zeichen?«, fragte Bob irritiert. »Was denn für Zeichen?«

»Nur so kann man ihn fernhalten«, erwiderte der Junge mit flackerndem Blick. »Jeden Morgen und jeden Abend müssen die Bannkreise neu gemalt werden. Kein Zeichen darf vergessen werden, sonst passiert etwas Schreckliches.«

»Das kann doch nicht wahr sein …«, hauchte Peter tonlos.

Angespannt presste Justus die Lippen aufeinander. Er musste trotz dieser unwirklichen Situation versuchen, einen kühlen Kopf zu bewahren. »Was genau meinst du? *Was* würde dann passieren?«

Ohne zu antworten, schaute der Junge sich fahrig um, so als wollte er in der Dunkelheit des Zimmers irgendetwas überprüfen. Dabei murmelte er atemlos einen seltsamen Spruch, den er offensichtlich immer und immer wieder gehört hatte.

»Jede Tür und jedes Fenster, jeder Raum und jeder Ort. Bleibt ein Zeichen ungeschrieben, dringt er ein und reißt dich fort …«

Für einen Moment herrschte entgeisterte Stille. Dann fasste Peter dem Ersten Detektiv an die Schulter. »Just, ich habe keine Ahnung, wovon er da spricht, aber es hört sich echt übel an. Wenn du mich fragst, sollten wir hier schleunigst verschwinden!«

Auch Bob war sichtlich angespannt und blickte sich immer wieder nach allen Seiten um.

Obwohl Justus es sich nur höchst widerwillig eingestand, musste er Peter doch zustimmen. Sie konnten den Jungen ja nicht gegen seinen Willen aus dem Haus entführen. Ihnen blieb daher nichts anderes übrig, als vorerst den Rückzug

anzutreten. Eindringlich schaute Justus dem immer noch vor sich hin murmelnden Blondschopf in die Augen, um dessen Aufmerksamkeit zurückzugewinnen.
»Hör zu. Wir sind Detektive und wollen dir helfen. Für heute ziehen wir uns zurück, aber morgen kommen wir wieder, ganz bestimmt.« Unwillkürlich biss er sich auf die Unterlippe. Gerade war ihm siedend heiß eingefallen, dass Bob, Peter und ihm am nächsten Tag eine lange Lieferfahrt mit Onkel Titus bevorstand, die sie unmöglich absagen konnten. »Den Vormittag über haben wir leider auswärts zu tun, aber im Laufe des Nachmittags kommen wir wieder und dann erzählst du uns, was hier vor sich geht. Okay?«
»O-okay«, erwiderte sein Gegenüber stockend.
Justus nickte. »Gut. Was auch immer es ist, wir werden gemeinsam eine Lösung finden, versprochen.« Er tastete in seiner Hosentasche nach einer Visitenkarte der drei ???, doch als er auf die Schnelle keine fand, holte er einen Notizzettel hervor und schrieb etwas darauf. »Unter dieser Nummer kannst du uns mobil erreichen, wenn irgendetwas passieren sollte. Ach ja – wie heißt du eigentlich?«
»Luke … Ich heiße Luke.«
Mit diesen Worten ging der Junge zaghaft auf ihn zu, nahm den Zettel und blickte Justus tief in die Augen. Dann formte er mit seinen Lippen ein lautloses »Danke«, schloss das Fenster und zog die dunklen Vorhänge wieder zu.
Bedrückt und verwirrt machten sich die drei ??? auf den Rückweg. Als Justus sich ein letztes Mal zum Haus umblickte, glaubte er, hinter dem obersten Dachfenster ein

bläuliches Licht zu erkennen. Es schien in der Luft zu tanzen, zuckte kreiselnd hin und her, um plötzlich mitten in einer Aufwärtsbewegung zu erlöschen. Da der seltsame Vorgang nur wenige Augenblicke gedauert hatte und Justus seine Freunde nicht unnötig beunruhigen wollte, behielt er diese Beobachtung jedoch für sich.

Peter schnaufte grimmig. »Ich weiß ja nicht, wie ihr das seht, aber ich verwette mein komplettes Taschengeld darauf, dass es der Monster-Harpunier ist, vor dem sich Luke so fürchtet!«

Mit ernster Miene blickte Justus zu Peter hinüber. »Es dürfte deine Laune wohl kaum heben, aber so allmählich glaube ich, dass du damit recht haben könntest …«

Bei Tageslicht

Wegen eines gewaltigen Staus östlich von Los Angeles waren die Detektive spät von ihrer Fahrt mit Onkel Titus zurück. So kam es, dass sie erst gegen sechs Uhr mit dem Ausladen der Möbel fertig waren. Luke hatte sich bislang nicht gemeldet.

Stöhnend rieb sich Justus den schmerzenden Nacken. »Noch ist zwar völlig unklar, was uns erwarten wird, dennoch schlage ich vor, dass wir für eine mögliche Übernachtung vorsorgen: Schlafsäcke, Taschenlampen, Detektivausrüstung – das volle Programm.«

»Du glaubst also, dass wir in diesem … Dämonenhaus die Nacht verbringen werden?«, fragte Peter betroffen.

»Erstens sprach ich nur von prophylaktischen Vorbereitungen und zweitens befindet sich dieser Dämon, wenn überhaupt, ja draußen im Garten und nicht im Haus«, sagte Justus und zwinkerte schelmisch. »Du hast es doch gehört – die Bannkreise halten das Viech auf Abstand.«

»Herrliche Aussichten …«, murmelte der Zweite Detektiv und verdrehte die Augen.

»Da Handys dort keinen Empfang haben, sollten wir Funkgeräte für uns und Luke mitnehmen«, schlug Bob vor.

»Sehr guter Hinweis«, lobte Justus. »Darüber hinaus wäre es

ratsam, wenn wir diesmal per Auto rausfahren, damit wir im Notfall mobil sind.«

»Dann nehmen wir aber lieber meinen MG statt Bobs Käfer«, erwiderte Peter mit krauser Stirn. »Falls wir vor dem Monster-Harpunier Reißaus nehmen müssen, will ich den stärksten Motor unter der Haube haben …«

Wie besprochen trennten sich die Jungen zunächst, damit Bob und Peter daheim um Erlaubnis fragen und die notwendigen Sachen einpacken konnten. Justus tat währenddessen dasselbe und stellte einen speziellen Einsatzrucksack mit jeder Menge Detektivzubehör zusammen. Eine Dreiviertelstunde später fuhr Peter mit dem MG vor und die drei machten sich auf den Weg zum Pembroke-Anwesen. Dort angekommen, beschlossen sie, ihr Gepäck zunächst im Wagen zu lassen, um Luke nicht zu überrumpeln.

Sie überlegten kurz, ob sie wieder über das Grundstück schleichen und bei Luke durchs Fenster einsteigen sollten, entschieden sich aber dann, den offiziellen Weg zu nehmen, um sich frei im Haus bewegen zu können.

Nur wenige Sekunden nachdem der Erste Detektiv mit dem schweren Messingring am Eingang geklopft hatte, öffnete sich die Tür. Wieder musterte der hagere Butler die Jungen mit unverhohlener Verärgerung. »Ihr schon wieder. Ich habe es euch doch gestern schon klar und deutlich gesagt: Mrs Pembroke ist für euch nicht zu sprechen!«

»Das ist auch gar nicht nötig«, erwiderte Justus freundlich, setzte aber gleichzeitig einen Fuß auf die Schwelle, damit ihm nicht erneut die Tür vor der Nase zugeschlagen würde. »Wir möchten nämlich zu unserem Freund Luke.«

Peter nickte eifrig. »Das wollten wir eigentlich auch gestern schon, aber in der Dunkelheit hatten wir gar nicht gemerkt, dass wir schon an der richtigen Adresse waren.«

»Er erwartet uns bestimmt schon«, ergänzte Bob lächelnd.

Der Butler kniff misstrauisch die Augen zusammen. »Davon ist mir nichts bekannt. Unangemeldeter Besuch erhält grundsätzlich keine Empfangserlaubnis.«

»Ist schon gut, Rupert«, meldete sich nun eine zaghafte Stimme aus dem Flur. »Wir werden ganz leise sein und Tante Gwendolyn bestimmt nicht stören.«

Mit einem unsicheren Lächeln trat Luke auf die Türschwelle, wobei er sorgsam darauf achtete, keines der seltsamen spitzwinkligen Symbole zu verwischen, die mit weißer Kreide auf den Boden gemalt worden waren. Widerwillig trat der Butler einen Schritt beiseite, um die Gäste hereinzulassen. Erst jetzt bemerkten die Detektive, dass sowohl Luke als auch Rupert unförmige graue Überschuhe aus Filz trugen, die offensichtlich ihre Schritte dämpfen sollten. Entschuldigend deutete der blonde Junge auf ein flaches Regal an der linken Flurseite, in dem weitere Exemplare lagen.

»Ich muss euch bitten, diese Dinger da überzuziehen«, erklärte er mit gesenkter Stimme. »Tante Gwendolyn ist sehr lärmempfindlich und duldet keine lauten Geräusche.«

Nachdem die Detektive sich die Überschuhe angezogen hatten, führte Luke sie durch den großen, holzgetäfelten

Flur. An den Wänden hingen zahlreiche Gemälde, die allesamt Meeres-Szenen zeigten. Die einzigen Ausnahmen waren ein Ölbild und ein Wandteppich, auf denen jeweils ein langbeiniger weißer Vogel zu sehen war. Peter hatte dafür jedoch keinen Blick. Er musste die ganze Zeit daran denken, wie flott man wohl mit den »Opa-Latschen« auf dem glatten Parkettboden entlangflitzen könnte.
Schließlich hielt Luke vor der letzten Tür auf der linken Flurseite und öffnete sie. Justus kam zu dem Schluss, dass es sich um dasselbe Zimmer wie am Abend zuvor handelte. Auch hier hingen diverse Meeresbilder an den Wänden. Auf keinem der Gemälde waren jedoch Menschen zu sehen; selbst die Schiffe wirkten seltsam unbeseelt, als seien die Besatzungen wenige Augenblicke zuvor von unbekannten Mächten in die Tiefen des Ozeans gerissen worden.
Wie im ganzen Haus lag eine schwer in Worte zu fassende, drückend-düstere Atmosphäre über dem Raum und die altmodische Einrichtung vermittelte eher den Eindruck eines Museums als den eines Kinderzimmers: keine Unordnung, kein Spielzeug, keine Comics, keine Poster. Lediglich ein vorsintflutlicher Röhrenfernseher in einem Holzgehäuse, der auf einer wuchtigen Kommode thronte, verströmte einen schwachen Hauch von Modernität.
Das Auffälligste im Zimmer aber waren die rätselhaften runenartigen Symbole, die ähnlich wie am Eingang mit weißer Kreide vor die Tür, die beiden Fenster und um das Bett herum gemalt worden waren: offenbar die Bannkreise, von denen der Junge gesprochen hatte. Sorgfältig nahm Bob alle

Zeichen mit seiner hochauflösenden Fotokamera auf, die er eigens deshalb mitgenommen hatte. Luke forderte seine Besucher höflich auf, es sich auf einem Ledersofa bequem zu machen, anschließend ließ er sich ihnen gegenüber auf einem Korbstuhl nieder und blickte die Jungen unsicher an.

»Ihr … seid also wirklich Detektive?«, fragte er zögernd. Luke war immer noch blass und angespannt, wirkte aber längst nicht mehr so durcheinander wie am Abend zuvor.

»Ja, das sind wir«, bestätigte Justus und überreichte ihm eine seiner Visitenkarten, die der Junge aufmerksam las.

»Hier … wohnst du also?«, fragte Bob mit einem irritierten Blick auf die Einrichtung.

Überrascht schüttelte Luke den Kopf. »Wohnen? Nein, ich bin hier nur in den Ferien. Eigentlich komme ich aus Billings, ganz im Süden von Montana, direkt an der Grenze zu Wyoming. Ich habe keine Geschwister und verbringe die Sommerferien immer hier bei meiner Tante Gwen.«

»Verstehe«, erwiderte Justus und blickte ihn aufmunternd an. Er hatte beschlossen, nicht sofort auf das eigentliche

Thema zu kommen, sondern es zunächst langsam angehen zu lassen, um einen Draht zu dem Jungen aufzubauen.
»Bevor wir auf gestern Abend zu sprechen kommen, hätte ich ein paar allgemeine Fragen. Zuallererst: Ist deine Tante verheiratet oder wohnt sie hier ganz allein mit diesem Rupert?«
Luke senkte den Blick. »Mein ... Onkel Darren war sehr krank und ist gestorben, als ich noch klein war.«
»Das tut uns leid«, erwiderte Peter bedauernd.
Der Junge seufzte. »Ich war damals erst vier und kann mich kaum an ihn erinnern. Für Tante Gwen war Darrens Tod ein schwerer Schlag. Trotzdem wollte sie das Haus ihrer Vorfahren nicht aufgeben und blieb deshalb mit Rupert hier wohnen. Seither verwendet sie auch wieder den Namen ihrer Familie, Pembroke.«
»Dieser Butler ... wie lange arbeitet der denn schon hier?«, wollte Bob wissen.
»Rupert war schon lange vor meiner Geburt hier. Er gehört im Pembroke-Haus sozusagen zur Einrichtung.«
Peter deutete auf seine Ohren. »Und was hat es mit dieser verrückten Frisur auf sich?«
Der Anflug eines Lächelns huschte über Lukes Gesicht. »Rupert hat früher beim Varieté gearbeitet und war schon immer etwas ... *speziell*. Das war wohl einer der Gründe, warum mein Onkel Darren ihn damals eingestellt hat. Darren war ein ziemlicher Paradiesvogel, müsst ihr wissen.«
»Was hat dein Onkel eigentlich beruflich gemacht?«, erkundigte sich Justus.

»Ihm gehörte Celebrity Starshine, ein Unternehmen in Hollywood, das Veranstaltungen organisiert: Promi-Feste, Film-Partys, Preisverleihungen und so weiter. Darren hat die Welt der Stars geliebt und diese Firma war sein Ein und Alles.« Er seufzte. »Darby Farnham, die ehemalige rechte Hand meines Onkels, wurde nach Darrens Tod Geschäftsführerin. Seitdem ging es mit dem Unternehmen steil bergab.«

»Inwiefern?«, fragte Peter.

»Immer wieder hat sich Darby auf zwielichtige Deals eingelassen, unter denen der Ruf von Celebrity Starshine stark gelitten hat. Schon vor längerer Zeit hat Tante Gwen deshalb den Kontakt zu ihr abgebrochen und kürzlich einen Anwalt eingeschaltet.«

»Deine Tante will also juristisch gegen Mrs Farnham vorgehen?«, fragte Bob aufhorchend.

Luke nickte. »Sie sagte, diese Firma hätte nichts mehr mit den Träumen ihres Mannes zu tun und es müsse verhindert werden, dass sein Andenken weiter beschmutzt wird.«

Zum wiederholten Mal fiel Justus die gewählte Ausdrucksweise des Jungen auf. Er schien in seinem Leben deutlich mehr Zeit mit Erwachsenen als mit Gleichaltrigen verbracht zu haben.

»Das wird Darby Farnham natürlich ganz und gar nicht passen«, stellte der Erste Detektiv fest. »Von dieser Sache abgesehen – hat Mrs Pembroke irgendwelche Feinde?«

»Nicht, dass ich wüsste. Tante Gwen war wegen ihrer offenen, fröhlichen Art eigentlich überall beliebt. Aber Neider kann es natürlich immer geben. Meine Tante stammt aus einer wohlhabenden Familie und ist finanziell unabhängig. Sie engagiert sich in vielen Wohltätigkeitsorganisationen, weil sie den Menschen etwas von ihrem eigenen Glück weitergeben möchte.«

»Sehr lobenswert«, erwiderte Bob anerkennend. »Wenn es mehr Menschen von dieser Sorte gäbe, wäre die Welt –«

»Was hast du?«, fragte Justus überrascht.

Hektisch deutete der Dritte Detektiv mit ausgestrecktem Arm in den Garten hinaus. »Der Baum da drüben – er hat gerade blau aufgeleuchtet!«

Im Bann der Zeichen

»Was??« Peter wandte sich, ebenso wie die anderen, hastig zum Fenster um, konnte im Garten jedoch nichts Auffälliges entdecken.

»Es war nur ganz kurz, vielleicht eine Sekunde lang«, erklärte Bob aufgeregt. »So als wenn jemand den Baum wie eine *Lampe* an- und gleich wieder ausgeknipst hätte!«

»Kein Grund zur Sorge«, meldete sich nun Luke zu Wort. »Das ist mit Sicherheit eins von Earls Experimenten.«

»Earl?«, fragte Peter verwundert.

Luke nickte. »Um ein wenig Leben in das große Haus zu holen, vermietet Tante Gwen seit Jahren regelmäßig den zweiten Stock billig an junge Leute, meistens Studenten aus der Umgebung.«

»Und zurzeit wohnt da dieser Earl«, schlussfolgerte der Erste Detektiv, der an den bläulichen Lichtschein in der letzten Nacht dachte. »Sein Nachname ist vermutlich Forrester, richtig? Das stand zumindest am zweiten Briefkasten.«

»Stimmt. Earl studiert Informatik und ist ein ziemlicher Eigenbrötler. Er ist vor ungefähr einem Jahr hier eingezogen. Jetzt in den Semesterferien verlässt er kaum das Haus, sondern bleibt ständig oben und bastelt an seinen Projekten herum. Irgendein Elektronik-Zeug.«

»Klingt ja ziemlich geheimnisvoll«, stellte Bob stirnrunzelnd fest. »Und dieser Typ experimentiert also mit Licht?«

»Genau. Vor ein paar Tagen hat er zum Beispiel die komplette Veranda grün erleuchtet.«

»Aber … wozu?«, fragte der Zweite Detektiv verdutzt.

»Ich sagte ja, dass er an verschiedenen Forschungsprojekten arbeitet. Irgendetwas mit neuartigen Neonleuchten, glaube ich. Tante Gwen und Rupert wissen darüber Bescheid. Wenn euch also hin und wieder seltsame Licht- oder Farb-Effekte auffallen, dann steckt garantiert Earl dahinter.«

Nachdenklich rieb sich Justus die Nasenwurzel. »Gut zu wissen. Doch kommen wir nun wieder auf den Butler zurück. Wie genau kam dieser Rupert denn hierher?«

»Auf einer der ersten Veranstaltungen von Celebrity Starshine gehörte Rupert zum Showprogramm. Irgendetwas mit Zaubertricks, glaube ich. So hat mein Onkel ihn kennengelernt. Darren war wohl von Anfang an hin und weg von ihm und hat ihn auf der Stelle fest engagiert, um auch daheim das Rupert-Programm genießen zu können.«

»Und wie hat deine Tante reagiert, als ihr Mann plötzlich mit diesem kuriosen Show-Butler ankam?«, erkundigte sich der Zweite Detektiv.

»Von meinen Eltern weiß ich, dass Tante Gwen alles andere als erfreut war. Sie ist wohl nie so richtig mit Rupert warm geworden. Aber Onkel Darren war ganz vernarrt in ihn und hat sich immer für ihn eingesetzt. Als es mit seiner Gesundheit bergab ging, hat er sogar in seinem Testament verfügt, dass Rupert auch nach seinem Tod Bleiberecht behält. Ansonsten hätte meine Tante ihm wohl schon längst gekündigt.«

»Interessant …«, murmelte Justus leise.

»Zusammen mit diesem Earl seid ihr hier also zu viert«, folgerte Bob. »Ansonsten gibt es niemanden, der Zutritt zum Haus hat?«

»Inzwischen nicht mehr«, entgegnete Luke, dessen Miene sich merklich verdunkelte. »Früher ist oft Lance Vaughn vorbeigekommen, ein guter Bekannter meines Onkels. Er ist Innenarchitekt und hat hier immer mal wieder Restaurationsarbeiten durchgeführt. Und um das Grundstück hat sich regelmäßig eine Gärtnerin gekümmert.« Bedrückt blickte Luke zu Boden. »Aber seit meine Tante sich … verändert hat, empfängt sie niemanden mehr und hat alles abgesagt.«

»Wie genau lief diese Veränderung ab?«, wollte der Erste Detektiv wissen.

»Wann es begonnen hat, weiß ich nicht. Letzten Monat am Telefon war sie noch ganz normal. Aber als ich in der vergangenen Woche hier ankam, war alles anders als sonst. Die ständig verriegelten Türen, die verhängten Fenster – das ganze Haus war zu einer Festung geworden … Außerdem hatte ich das Gefühl, dass meine Tante völlig vergessen hatte, dass ich komme. Sie wirkte verwirrt, abwesend und ängstlich.« Luke atmete tief ein und rieb sich nervös die Handgelenke. »Tante Gwen war immer eine starke und fröhliche Frau. Aber jetzt ist sie kaum wiederzuerkennen.«

Angespannt knetete Justus seine Unterlippe, wie er es immer tat, wenn sein Verstand auf Hochtouren lief. »Das ist in der Tat ein beunruhigender Wandel. Hast du deinen Eltern denn von diesen Veränderungen erzählt?«

Betreten schüttelte Luke den Kopf. »Das hätte keinen Sinn. Bis Ende des Monats sind Mom und Dad auf einer Urlaubsreise durch Europa. Andere Verwandte habe ich nicht und auch sonst kann ich mich an niemanden wenden, weil Tante Gwen ja keine Einmischung will.« Niedergeschlagen ließ er die Schultern hängen. »Es ist wie in einem Albtraum. Ich bin mitten in Kalifornien und trotzdem von allem abgeschnitten, wie auf einem anderen Stern.«

Ermutigend blickte der Erste Detektiv den Jungen an. »Gestern habe ich dir versprochen, dass wir gemeinsam eine Lösung finden, und dieses Versprechen werde ich halten. Aber um dir helfen zu können, benötigen wir mehr Informationen zu der Gestalt im Garten. Du ... hast sie selber gesehen, stimmt's?«

Bei den letzten Worten zuckte der Junge kurz zusammen und seine Hände verkrampften sich. Als er antwortete, war seine Stimme kaum mehr als ein Flüstern. »Ja ... Es war vor vier Tagen, in der Nacht. Wegen des Unwetters konnte ich nicht einschlafen. Schließlich bin ich zum Fenster gegangen und habe den Vorhang aufgezogen, um aufs Meer zu schauen. Mitten im Garten stand im strömenden Regen ... eine dunkle Gestalt und starrte zum Haus herüber. Völlig bewegungslos, wie eine ... böse Statue. Sie trug einen zerrissenen Mantel, einen breitkrempigen Hut und ... hatte eine riesige Harpune in der Hand.«

»Ich hab's doch gewusst …«, hauchte der Zweite Detektiv.
Ein heftiger Schauder erfasste den Jungen. »Als es blitzte, konnte ich für einen kurzen Moment das Gesicht sehen. Es war schrecklich … Riesige, leblose Augen. Graue Haut mit langen, gezackten Narben und ein furchtbares Maul mit spitzen Zähnen wie bei einem Hai. Mir wäre vor Angst beinahe das Herz stehen geblieben.«
»Begreiflich«, erwiderte Justus betroffen. »Und wie ging es weiter?«
»Plötzlich blitzte es noch einmal und die Gestalt war verschwunden, so als wäre das Ganze nur ein Albtraum gewesen. Am nächsten Morgen wollte ich sofort Tante Gwen von meinem unheimlichen Erlebnis erzählen, aber –«
In diesem Moment waren vom Flur her klar und deutlich Schritte zu hören. Jemand kam sehr langsam die große Treppe herunter.
Besorgt hielt der Junge inne. »Das ist Tante Gwen!«
»Woher weißt du das?«, wollte Peter wissen. »Das könnte doch auch Rupert oder dieser Student sein.«
Kopfschüttelnd deutete Luke auf seine Füße. »Alle hier tragen diese dämpfenden Überschuhe – außer meiner Tante.« Seine Miene war jetzt so düster wie eines der Sturm-Gemälde an der Wand. »Sie wird jetzt mit dem Abend-Ritual beginnen …«
»Abend-Ritual?«, fragte Bob irritiert.
»Kommt mit und seht es euch an.«
Gespannt folgten die drei Detektive Luke durch den großen

Flur. Vor der Tür zum großen Salon verharrte der Junge und forderte sie stumm dazu auf, durch einen Spalt ins Innere zu schauen. Gwendolyn Pembroke, eine schlanke, etwa sechzigjährige Frau mit weichen Gesichtszügen und wirr abstehenden grauen Haaren, trug einen zerknitterten grünen Morgenmantel und glänzende rote Schnallenschuhe, die so gar nicht zu ihrer übrigen Aufmachung passen wollten. Gerade hatte sie sich vor einem der riesigen Fenster niedergekniet, den Blick starr auf den Boden gerichtet.

»Sie wird jetzt die Zeichen erneuern«, erklärte Luke im Flüsterton. »Das macht sie einmal am Morgen und einmal am Abend.« Nervös strich er sich durchs Haar. »Es begann vor drei Tagen, als ich ihr von der Gestalt im Garten erzählt hatte. Sie … ist regelrecht in einen Schock verfallen. Dann hat sie sich plötzlich umgedreht und ist, ohne ein einziges Wort zu sagen, aus dem Zimmer gegangen.«

»Und anschließend begann sie mit dem Malen der Symbole«, folgerte Justus ernst.

Wie zur Bestätigung hatte Mrs Pembroke nun ein Stück Kreide aus einer Tasche ihres Morgenmantels hervorgeholt. Mit langsamen, seltsam mechanisch wirkenden Bewegungen zeichnete sie leise flüsternd die Linien und Kreise auf den Holzdielen vor allen drei Fenstern nach.

»So wie vorgestern und gestern«, hauchte Luke. »Sie ist von diesen Symbolen geradezu besessen …«

In den folgenden zwanzig Minuten beobachteten die vier Jungen im Verborgenen, wie Mrs Pembroke vor allen Türen und Fenstern im Erdgeschoss das rätselhafte Ritual wiederholte. Zuletzt erneuerte sie die Zeichen vor dem Eingang. Danach stand sie auf, ging langsam einige Schritte rückwärts und blieb wie eingefroren mitten im Flur stehen.

Bob blinzelte überrascht. »Was hat das denn jetzt zu bedeuten?«

Luke presste die Lippen aufeinander und wandte den Blick ab. »Genau wie an den letzten beiden Tagen. Sie steht einfach nur mit weit aufgerissenen Augen da. Über eine Stunde lang.«

»Das ist ja wirklich gruselig …«, murmelte Peter beunruhigt.

Der Junge nickte seufzend. »Beim ersten Mal habe ich versucht, sie anzusprechen, aber sie hat auf nichts reagiert. Man kann nur abwarten, bis es von selber aufhört. Irgendwann hebt sie plötzlich die Hand und malt ein seltsames, spitzes Zeichen in die Luft. Dann zieht sie sich wieder auf ihr Zimmer zurück und setzt sich in den großen Ohrensessel am Fenster.«

»Überaus rätselhaft, in der Tat«, gestand Justus. »Nimmt deine Tante vielleicht seit Kurzem irgendwelche Medikamente oder andere … Dinge zu sich?«

»Ganz bestimmt nicht«, erwiderte Luke entschieden. »Tante Gwen ist kerngesund und überzeugte Anti-Alkoholikerin.«

Der Erste Detektiv nickte. »Diese Möglichkeit können wir also ausschließen.« Da er einen genaueren Blick auf Mrs Pembrokes Gesicht werfen wollte, trat Justus einen halben Schritt aus der Deckung einer Ziersäule hervor. Dabei ver-

ursachte er jedoch auf dem Dielenboden ein lautes Knarren, das alle Jungen zusammenzucken ließ.
Einige Sekunden lang passierte überhaupt nichts. Dann drehte die Frau wie in Zeitlupe ihren Kopf in Richtung des völlig überrumpelten Ersten Detektivs. Ihre Augen fingen an zu flackern und plötzlich ging alles sehr schnell. Ohne dass Justus noch hätte reagieren können, stürzte Mrs Pembroke auf ihn zu und verpasste ihm eine schallende Ohrfeige. Ihr Gesicht war wutverzerrt und ihre Stimme überschlug sich fast, als sie ihn wie von Sinnen anschrie.
»MOCHYN! *Du* hast das Unheil über uns gebracht!«

Ádh mór ort!

Wieder wollte sie Justus schlagen, doch inzwischen waren die anderen Jungen bei ihr und Luke ergriff ihren Arm.

»Bitte, hör auf, Tante Gwen! Das ist Justus, ein Freund von mir!«

Der Erste Detektiv, der sich mittlerweile wieder gefangen hatte, erfasste blitzschnell seine Chance und signalisierte Luke, Peter und Bob mit einer kaum merklichen Handbewegung, dass sie sich zurückhalten sollten. Dann trat er langsam an Lukes Tante heran und deutete auf sein Gesicht.

»Mrs Pembroke – *wer bin ich?* Warum habe ich das Unheil über Sie gebracht?«

Doch es war schon zu spät. Der Blick der Frau hatte sich wieder verschleiert und ihr soeben noch wutverzerrtes Gesicht nahm erneut die maskenhaften Züge einer Schlafwandlerin an.

»Freund …«, murmelte sie leise, während sie sich zur Treppe umwandte. »Freunde sind … etwas Wunderbares. Wie glitzernder Morgentau … So schön und … so flüchtig.«

Weiter vor sich hin flüsternd stieg Mrs Pembroke die geschwungene Treppe hinauf und verschwand im dunklen Flur des ersten Stocks. Betreten blickten ihr die Jungen nach, doch bevor jemand etwas sagen konnte, kam plötzlich

der Butler durch eine der Seitentüren in die Eingangshalle gestürmt. Verärgert musterte er Luke und die Detektive.
»Was ist denn das für ein ohrenbetäubender Krach? Ich sagte doch ausdrücklich, dass hier kein Lärm geduldet wird!«
»Dessen sind wir uns durchaus bewusst«, versicherte Justus betont freundlich. »Aber es wäre wohl kaum gebührlich, die Hausherrin daran zu hindern, ihre Stimme zu erheben.«
Irritiert hielt Rupert inne. »Dann … hat Mrs Pembroke so laut gerufen? Ist ihr etwas zugestoßen?«
»Nein, keine Sorge«, beschwichtigte Bob. »Aber ihr Verhalten war äußerst merkwürdig. Ist Ihnen denn noch gar nicht aufgefallen, dass hier seltsame Dinge vorgehen?«
Die linke Augenbraue des Butlers wanderte steil nach oben. »Es steht mir nicht zu, über Mrs Pembroke zu urteilen, und euch schon gar nicht. Das ist *ihr* Haus, in dem sie tun und lassen kann, was sie will.«
Justus' aufmerksamem Blick war nicht entgangen, dass Ruperts rechte Hand bei diesen Worten kurz zu seiner Westentasche geglitten war, aus der ein gelber Gegenstand ragte, der wie ein dicker Stift geformt war.
»Da haben Sie natürlich recht«, lenkte der Zweite Detektiv ein. »Aber vielleicht können Sie uns ja sagen, ob Ihnen in letzter Zeit sonst noch irgendetwas Merkwürdiges aufgefallen ist. Vielleicht … gestern Nachmittag?«
Die Miene des Butlers blieb unbewegt, doch seine Augen hatten sich leicht verengt und strahlten jetzt Eiseskälte aus. »Nein, mir ist nichts aufgefallen, aber selbst wenn doch, würde euch das überhaupt nichts angehen. Und jetzt

Schluss mit der Fragerei!« Er wies demonstrativ zur Tür. »Da es bereits dunkel wird, nehme ich an, dass ihr jetzt gehen wollt.«

»Ganz im Gegenteil«, erwiderte Justus lächelnd und legte Luke eine Hand auf die Schulter. »Wir wurden gerade dazu eingeladen, das restliche Wochenende hier zu verbringen.«

»Wir schreiben nämlich für die Schule einen Aufsatz über viktorianische Architektur in Kalifornien«, ergänzte Bob, »und da ist dieses Anwesen ja die reinste Fundgrube.«

Peter nickte heftig. »Und außerdem läuft heute Abend *Der unsichtbare Dritte* im Fernsehen – den wollen wir uns unbedingt anschauen, stimmt's?«

»Genau …«, bestätigte Luke zögernd und lächelte dankbar. Erst jetzt wurde ihm richtig bewusst, dass die drei ??? ihm tatsächlich beistehen würden.

Sobald Rupert sich wieder zurückgezogen hatte, beschlossen die Jungen, doch noch einen Versuch zu unternehmen, Lukes Tante zu befragen. Um keinen erneuten Zornesausbruch zu riskieren, blieb Justus im Flur, während Luke, Peter und Bob vorsichtig das Zimmer im ersten Stock betraten. Jedoch blieb jeder Versuch einer Kontaktaufnahme erfolglos. Mrs Pembroke zeigte keine Reaktion, saß nur reglos in ihrem Ohrensessel, blickte starr geradeaus und raunte unverständlich vor sich hin. Nichts schien sie der seltsamen Welt entreißen zu können, die sie gefangen hielt.

Zurück in Lukes Zimmer, setzten die vier Jungen ihre Lagebesprechung fort. Während Luke sorgsam alle Gardinen zuzog und erst dann die Deckenlampe einschaltete, ergriff Justus als Erster wieder das Wort. »Das hat uns leider keinen Schritt weitergebracht. Weder hinsichtlich des Harpuniers noch bei diesem mysteriösen Mochin, dem ich offenkundig sehr ähnlich sehe und den Mrs Pembroke für schuldig an dem ›Unheil‹ hält, das über sie hereingebrochen ist.« Er schaute zu Luke hinüber. »Kannst du dich vielleicht erinnern, ob irgendwann in der Vergangenheit mal dieser Name erwähnt wurde? Mochin klingt ja ziemlich exotisch.«

»Nein, da bin ich mir ganz sicher. Weder Tante Gwen noch meine Eltern haben je von einer solchen Person gesprochen.«

»Diese Spur führt uns also nicht weiter«, stellte Bob fest.

»Und … wenn das gar kein Name ist, sondern ein Wort in einer anderen Sprache?«, warf Peter plötzlich ein und blickte Justus aufgeregt an.

»Äh, und was verleitet dich zu dieser Annahme?«, fragte der Erste Detektiv überrascht.

»Ich muss da gerade an Kenneth und Patrick, die ehemaligen Gehilfen von Onkel Titus, denken. Die kamen ja aus Irland und haben hin und wieder in ihrer Muttersprache miteinander geredet. Ein paar Brocken habe ich im Lauf der Zeit gelernt, zum Beispiel dass ›Ádh mór ort!‹ auf Irisch-Gälisch ›Viel Glück!‹ heißt. Vielleicht ist es mit diesem ›Mochin‹ ja ganz ähnlich.«

»Mensch, Peter – da könntest du recht haben!«, entfuhr es Luke. »Die Vorfahren meiner Tante und meines Vaters stammen aus Wales! Dort machen meine Eltern auch während ihrer Europareise Station.«

»Also wäre es gut möglich, dass Mrs Pembroke vorhin ein walisisches Wort benutzt hat«, schloss Justus mit einem zufriedenen Lächeln. »Ausgezeichnet kombiniert, Zweiter! Dann müssen wir nur noch herausfinden, ob es in dieser Sprache ein Wort namens ›Mochin‹ gibt.«

»Eine Aufgabe für den Dritten Detektiv also«, stellte Bob fest und betrachtete das Display seines Handys. »Tja, mangels Netzempfangs fällt die schnelle Tour flach. Dasselbe gilt vermutlich fürs Internet, stimmt's?« Er blickte skeptisch zu Luke hinüber, der bedauernd nickte.

»Das Einzige, was hier funktioniert, ist ein altes Wählscheibentelefon im Salon. Zu Zeiten von Onkel Darren sah das noch anders aus, da gab's hier wohl Computer, Fax und eine Satellitenschüssel auf dem Dach. Aber nach seinem Tod hat Tante Gwen alle Geräte rausgeschmissen, weil sie nie etwas damit anfangen konnte und dieser ›neumodische Kram‹ ihrer Meinung nach nicht zum Haus passte.«

Bob nickte. »Okay, dann werde ich morgen mal eine gute alte Außenrecherche durchführen und Miss Bennett einen Besuch in der Bibliothek abstatten. Das ist ohnehin die sinnvollste Variante, weil es da ein paar tolle Schmöker über die Geschichte von Rocky Beach gibt, die noch nicht digitalisiert sind. Und falls ich doch aufs Internet zugreifen will, kann ich auch von dort aus bequem online gehen.«

»Sehr gut«, befand Justus. »Darüber hinaus wäre zu klären,

welche körperlichen oder psychischen Ursachen es für die seltsamen Symptome von Mrs Pembroke geben könnte.«

»Du glaubst, dass meine Tante wirklich krank ist?«, fragte Luke beunruhigt.

Mitfühlend erwiderte Justus den ängstlichen Blick des Jungen. »Für eine solche Einschätzung ist es noch zu früh, aber wir müssen diese Möglichkeit in Betracht ziehen, ja. Dennoch werden wir bei unseren weiteren Nachforschungen die Augen auch in alle anderen Richtungen hin offen halten.« Er blickte zu den verhängten Fenstern hinüber. »Deine Tante hat große Angst davor, dass jemand nach Einbruch der Dämmerung auf Licht im Haus aufmerksam wird, richtig?«

»Ja, nach Sonnenuntergang müssen alle Gardinen zugezogen und das elektrische Licht gelöscht werden. Ich nenne es dann ›das Dunkelhaus‹ … Nur Kerzen sind erlaubt. Auch hier muss ich jetzt die Deckenlampe ausschalten.«

Während der Junge begann, mehrere Kerzen zu entzünden, kratzte sich Bob nachdenklich am Kinn. »Wie hat dieser Earl denn auf das Lichtverbot reagiert? Wenn er sich streng dran halten würde, wäre das ja eine ziemlich heftige Einschränkung – zumal er doch an Projekten zu Neonleuchten arbeitet.«

Der Junge zuckte mit den Achseln. »Ich war nicht dabei, als er von Rupert informiert wurde. Wie gesagt, die meiste Zeit ist Earl oben im zweiten Stock. Aber ich denke mal, dass er sich wegen der günstigen Miete mit diesen seltsamen Anweisungen abgefunden hat.«

»Diesen Punkt werden wir im Rahmen eines persönlichen Gesprächs klären«, entschied Justus. »Außerdem interessiert mich, was er bisher von den Vorgängen im Haus mitbekommen hat. Da wir Mrs Pembroke bis auf Weiteres nicht selbst befragen können, werden wir uns den Antworten über das Umfeld annähern müssen.« Er wandte seinen Blick zu Luke. »Kannst du dann für Peter und mich einen Schreibblock oder etwas Ähnliches auftreiben? Wenn wir morgen durchs Haus gehen, müssen wir nach außen hin ja die Tarnung mit dem Schulaufsatz aufrechterhalten.«

»Kein Problem«, erwiderte der Junge und verließ das Zimmer. Kurz darauf kam er mit einem Stapel Blöcke zurück. Obenauf lag ein gefalteter Zettel. »Im Sekretär meiner Tante ist immer eine Menge Schreibmaterial. Auf der Ablage habe ich zufällig auch das hier gefunden.« Er reichte Justus das Blatt Papier.

»Überaus aufschlussreich«, stellte der Erste Detektiv nach kurzem Blick auf die Zeilen fest. »Es handelt sich um ein zwei Wochen altes Kaufangebot für das Pembroke-Haus, unterzeichnet von einem gewissen Alvin Cray.«

Bob blinzelte irritiert. »Jemand will dieses Haus kaufen?«

»In der Tat«, bestätigte Justus. »Interessant ist, dass ausdrücklich das Inventar des Hauses im Kauf eingeschlossen sein soll. Und es besteht kein Zweifel, dass Mrs Pembroke diesem Ansinnen ablehnend gegenübersteht. Sie hat das Schreiben nämlich mit einem dicken roten Stift durchgestrichen. Damit hätten wir dann wohl einen weiteren Verdäch–«

Unvermittelt hielt er inne und hob seinen rechten Zeigefinger. Dann deutete er mit dem Kopf zur Tür und hielt sich die andere Hand wie ein unsichtbares Fernglas ans Auge – das stumme Zeichen, dass sie heimlich beobachtet wurden! Der Dritte Detektiv nickte unauffällig. Um keinen Verdacht zu erregen, setzte er das Gespräch fort, indem er sich über die Strenge der Geschichtslehrerin beklagte. Währenddessen erhob sich Justus leise aus dem Sessel und schlich in Richtung Zimmertür. Da er ganz links gesessen hatte, war vom Schlüsselloch aus die Sicht auf ihn durch einen Kleiderschrank verdeckt. Lautlos schloss der Erste Detektiv seine Finger um die Klinke und hielt die Luft an. Dann riss er die Tür mit einem heftigen Ruck auf – und blickte direkt in die funkelnden Augen des gebückt dastehenden Butlers.

Zwei Spione, ein Seewolf und der unsichtbare Dritte

Überrascht taumelte der dürre Mann zurück, wobei er fast den Kerzenleuchter in seiner rechten Hand fallen ließ.
»Darf ich fragen, was Sie da machen?«, erkundigte sich Justus mit strenger Miene.
Erstaunlich schnell hatte Rupert die Fassung zurückgewonnen. In einer eleganten Bewegung nahm er seine gewohnt straffe Haltung an und wies unbeeindruckt auf den Boden. »Ich gehe hier lediglich meiner Arbeit nach. Seit Mrs Pembroke beliebt, das Haus mit Symbolen zu verzieren, sammeln sich überall Kreidereste in den Ecken.«
Tatsächlich waren im flackernden Zwielicht rund um die Türschwelle diverse Krümel zu erkennen, die der Butler nun mit spitzen Fingern aufsammelte und in ein Papiertaschentuch hüllte. Naserümpfend drehte er sich anschließend um und schritt davon, ohne ein weiteres Wort abzuwarten.
»Das war doch glatt gelogen«, fauchte Peter, nachdem Justus die Tür wieder geschlossen hatte. »Der Typ wollte uns ausspionieren!«
Luke runzelte die Stirn. »Ich verstehe das nicht. Bisher war Rupert nie sonderlich neugierig. Ein bisschen schräg zwar, aber hinterhergeschnüffelt hat er mir noch nie.«

»Wie dem auch sei, wir sollten ab jetzt gleich doppelt wachsam sein«, verkündete Justus. »Beim nächsten Lauschversuch wird sich Rupert mit Sicherheit größere Mühe geben.« Tatendurstig erhob er sich vom Sofa. »Aber jetzt sollten wir erst mal unser Gepäck holen, damit wir mit den Vorbereitungen für die Nacht beginnen können!«

Da es inzwischen ziemlich dunkel geworden war, leistete Justus seinen Freunden beim Entladen des MG mit seiner Taschenlampe Sichthilfe.

Plötzlich stutzte der Zweite Detektiv. In einem vertrockneten Busch direkt hinter Luke hatte er soeben eine Bewegung wahrgenommen. Tatsächlich – dort lauerte eine dunkle Gestalt mit übergroßem Kopf! Peter ließ seinen Rucksack fallen und stürzte los. Nur ein einziger Gedanke zuckte durch seinen Kopf: Der Kleine ist in Gefahr – hilf ihm!

Unter den perplexen Blicken der anderen warf sich Peter auf den Unbekannten, der mit einem überraschten Ächzen zu Boden ging. Auch Justus und Bob hatten jetzt die Situation erfasst und kamen ihm zu Hilfe, während Luke fassungslos dastand und das Geschehen angstvoll verfolgte.

Der gedrungene, leicht untersetzte Fremde war inzwischen überwältigt und wand sich im eisenharten Polizeigriff des Zweiten Detektivs, der nun überrascht die Ursache für den unförmigen Kopf erblickte. Es war ein schwarzer Motorradhelm, den Justus eilig öffnete. Zum Vorschein kam das wutverzerrte Gesicht eines etwa fünfzigjährigen Mannes mit grauen Augen, schmaler Nase und kantigem Kinn.

Anhand mehrerer silberner Aufdrucke auf der Lederjacke und den Stiefeln erkannte Justus, dass das Motorrad-Outfit des Unbekannten von Ranconi, einem höchst exklusiven Modedesigner aus Beverly Hills, stammte.
»Bewaffnet scheint er nicht zu sein«, stellte Bob fest, nachdem er den Mann abgetastet hatte. »Seine Maschine muss er wohl irgendwo außerhalb des Grundstücks abgestellt haben, damit niemand seine Ankunft bemerkt.«
Der Fremde hatte mittlerweile seine Stimme wiedergefunden und schimpfte wie ein Rohrspatz, während er die Jungen mit giftigen Blicken fixierte. »Was soll denn das?! Lasst mich sofort los, ihr Bengel! Ich habe nichts getan!«
»Nichts getan?«, fauchte Peter ihn an. »Vermummt in fremden Gärten rumzuschleichen, nennen Sie ›nichts getan‹?«
»Das mache ich doch nur wegen Rupert!«
Angesichts dieses überraschenden Geständnisses waren die Detektive für einen kurzen Augenblick sprachlos.
»Mister Vaughn?« Luke war inzwischen herangetreten und starrte den Mann ungläubig an.
»Das … ist Mr Vaughn?«, fragte Bob verblüfft. »Der Innenarchitekt?«
»Genau der bin ich«, bestätigte der Mann wütend. »Und jetzt lasst mich endlich los!«
Während Peter seinen Griff widerwillig lockerte, sah Justus den ungebetenen Besucher durchdringend an. »Wären Sie wohl so freundlich, uns zu verraten, warum Sie hier im Dunkeln ums Haus schleichen?«
Mit flackerndem Blick gestikulierte der Mann wild in

der Luft herum. »*Muss* ich doch – man lässt mich ja nicht mehr rein! Und dabei bin ich mir sicher, dass Gwendolyn tief im Inneren dasselbe für mich empfindet wie ich für sie!«
Verdutzt schauten die Jungen einander an. Mr Vaughn machte einen reichlich überdrehten Eindruck.
Jetzt deutete der Innenarchitekt zornig zur Haustür hinüber. »Für mich ist die Sache klar: Dieser verschlagene Butler hat Mrs Pembroke mit irgendwelchen Tricks den Kopf verdreht und nun will sie nichts mehr von mir wissen. Aber so leicht gibt ein Lance Vaughn nicht auf! Dieser Freak wird Gwendolyn nie bekommen – niemals!« Mit diesen Worten sprang er auf und rannte davon. Augenblicklich wurde er von der Dunkelheit verschluckt.
Perplex schüttelte Peter den Kopf. »Der Typ war ja ziemlich verstrahlt …«
»In der Tat«, erwiderte Justus nachdenklich. »Fragt sich, ob das auch wirklich echt war.« Er wandte sich an Luke. »Ist Mr Vaughn schon immer so eigenartig gewesen?«
Der Junge runzelte die Stirn. »Ein bisschen vielleicht. Aber *so* habe ich ihn noch nicht erlebt. Und von seinen Gefühlen für Tante Gwen wusste ich auch nichts.«
»Auf jeden Fall klang sein letzter Satz ja nach einer waschechten Drohung«, stellte Bob fest. »Ob er wohl in Kauf nehmen würde, dass Mrs Pembroke den Verstand verliert, nur damit sie mit keinem anderen Mann glücklich wird?«
Stirnrunzelnd tippte sich Justus gegen das Kinn. »Du meinst,

Mr Vaughn könnte hinter dem Dämonen-Spuk stecken? Also eine gezielte Einschüchterung, um die verängstigte Mrs Pembroke zurück in seine Arme zu treiben?«

»Das wäre echt skrupellos«, stellte Peter fest. »Damit würde er ja eiskalt ihre Gesundheit aufs Spiel setzen!«

»Moment mal, was ist das denn?« Überrascht ging Bob in die Hocke und hob etwas vom Boden auf. »Eine Art Pin. Den muss der werte Herr Innenarchitekt wohl verloren haben, als Peter ihn am Boden hatte.«

»Zeig mal«, forderte Justus ihn auf. Nachdenklich betrachtete er den filigranen Gegenstand. »Ein silberner Anstecker mit einem kleinen Emblem. Ein neunzackiger Stern, in dem zweimal der Buchstabe A eingraviert ist.«

»Ein Stern mit zwei A?«, fragte Luke aufgeregt. »Kann ich mal sehen?« Kaum dass er den Pin in der Hand hielt, nickte er heftig. »Das Symbol habe ich schon mal gesehen! Es ist das Erkennungszeichen von ›Comtesse Alanas Astralgesellschaft‹! Eine Art esoterischer Zirkel in Bel Air.«

»Nie davon gehört«, bekannte Bob verdutzt. »Und woher kennst du diesen seltsamen Verein?«

Mit leuchtenden Augen blickte Luke in die Runde. »Weil Comtesse Alana niemand anders ist als Darby Farnham!«

Irritiert blinzelte der Erste Detektiv. »Bist du dir da sicher?«

»Hundertprozentig!«, bestätigte Luke. »Ihre Arbeit als ›Astral-Mentorin‹ ist sozusagen ihr zweites Standbein. Meine Tante hat sich früher schon oft darüber aufgeregt, dass Darby diese Vereinigung nur deshalb gegründet hat, um mit

ihrem Hellseher-Humbug leichtgläubigen reichen Leuten das Geld aus der Tasche zu ziehen.«
Peter schnaufte abfällig. »Eine wirklich reizende Dame …«
»Und Mr Vaughn ist einer ihrer Anhänger«, ergänzte Bob. »Passt ja auch gut zu seinem Sockenschuss.«
»Davon dürfen wir wohl in der Tat ausgehen«, bestätigte Justus. »Somit haben wir nun eine direkte Verbindung zwischen zwei Personen, die jeweils auf höchst unterschiedliche Weise in Beziehung zu Mrs Pembroke stehen. Ein Beweis für einen Zusammenhang mit dem Harpunier ist damit noch nicht erbracht, aber Bobs Rechercheliste ist auf jeden Fall um einen Punkt länger geworden.«
Der Dritte Detektiv lächelte grimmig. »Comtesse Alanas Astralgesellschaft …«

Kaum hatten die Jungen ihr Gepäck ins Haus gebracht, ertönte ein leiser Gong – Ruperts Signal, dass das Abendessen nun im großen Kamin-Salon eingenommen werden konnte. Auf dem Weg dorthin fielen Bob im Flur, wie schon am Vormittag, die beiden Vogelmotive ins Auge, die nicht so recht zu den unbelebten Meeresbildern passen wollten.
Der Butler hatte für vier Personen gedeckt und vor jedem Teller einen silbernen Kerzenleuchter platziert. Lukes Tante aß offensichtlich allein auf ihrem Zimmer.
»Ein romantisches Essen bei Kerzenschein – da wird einem ja richtig warm ums Herz«, flüsterte Justus, während sie Platz nahmen.
Die scherzhafte Bemerkung vermochte jedoch nicht das

Unbehagen zu überspielen, das die Jungen angesichts des düsteren Raums verspürten. Da nur auf dem Tisch Kerzen brannten, waren die hinteren Winkel des riesigen Zimmers in Finsternis gehüllt. Unwillkürlich überkam Peter die Vorstellung, sie befänden sich auf einer winzigen Insel der Helligkeit, umgeben von einem tiefschwarzen Ozean, in dem schreckliche Gefahren lauerten. Dieser Eindruck wurde noch dadurch verstärkt, dass die Schatten ringsumher im flackernden Lichtschein zum Leben zu erwachen schienen und wie gierige, dunkle Finger hin und her zuckten.

Fast glaubte der Zweite Detektiv, eine höhnische Stimme zu vernehmen, die ihm leise zuraunte: »Und wenn die letzte Kerze heruntergebrannt ist, wird die Dunkelheit über der Insel hereinbrechen wie eine schwarze Woge und die Schattenfinger werden euch in die Tiefe hinabreißen, genauso wie die verschwundenen Matrosen auf den Ölbildern …«

Schaudernd wandte Peter den Blick ab und versuchte, sich auf das Essen zu konzentrieren. Bei jedem der drei Gänge benannte Rupert schmallippig die jeweils servierte Speise: Garnelen-Fenchel-Suppe, Seewolf-Filet auf Pilzrisotto und Mango-Sorbet. Das Menü entsprach nicht wirklich den Vorlieben der Jungen, schmeckte aber durchaus nicht schlecht.

Nachdem sie das Mahl beendet hatten, zog sich das Quartett wieder in Lukes Zimmer zurück. Dort nahm sich Justus seinen Notizblock und listete der Reihe nach sämtliche Verdächtigen und ihre möglichen Motive auf:

1) *Alvin Cray, Kauf-Interessent*
Mögliches Motiv: Will das Haus erwerben. Da Mrs Pembroke sich weigert, soll der Dämonen-Spuk sie mürbe machen und zum Verkauf bewegen.

2) *Darby Farnham, Chefin von Celebrity Starshine alias Comtesse Alana*
Mögliches Motiv: Mit dem Terror will sie dafür sorgen, dass Mrs Pembroke den Verstand verliert und nicht weiter juristisch gegen sie vorgeht.
Lance Vaughn ist Anhänger ihres esoterischen Zirkels.

3) *Rupert, Butler*
Mögliches Motiv: Weiß, dass Mrs Pembroke ihm nicht sonderlich zugetan ist. Will mit den Grusel-Aktionen seine eigene Position stärken, indem er sich als schützender »Mann im Haus« unersetzlich macht. Beherrscht aus seiner Zeit beim Varieté Illusionskünste, die er für Täuschungsmanöver einsetzen könnte.

4) *Earl Forrester, Student*
Mögliches Motiv: ?

5) *Lance Vaughn, Innenarchitekt*
Mögliches Motiv: Eifersucht. Will Mrs Pembroke mit dem Spuk in seine Arme treiben. Nimmt auch schwere Gesundheitsschäden bei ihr in Kauf, um sein Ziel zu erreichen. Anhänger von Comtesse Alanas Astralgesellschaft.

»Ganz schön heftig, diese Liste«, stellte Peter bedrückt fest. »Wenn irgendetwas davon wirklich zutrifft, ist der- oder diejenige echt gewissenlos …«

»In der Tat«, erwiderte Justus ernst und schaute zu Luke hinüber. »Um kein mögliches Motiv außer Acht zu lassen, muss ich noch eine Frage zu deiner Familie stellen: Gab es in letzter Zeit irgendwelche Spannungen zwischen deinen Eltern und Mrs Pembroke, beispielsweise wegen Geld?«

Der Junge schüttelte heftig den Kopf. »Nein, die verstehen sich großartig miteinander. Niemand würde dem anderen etwas Böses wünschen. Außerdem verdienen Mom und Dad sehr gut, die hätten keinen Grund, auf Tante Gwen neidisch zu sein.«

»Demnach können wir eventuelle Erbschaftsinteressen also ausklammern«, folgerte der Erste Detektiv. Dann atmete er tief ein und deutete auf die Rucksäcke. »Aber bevor wir weitermachen, sollten wir jetzt erst mal auspacken.«

Als die Nachtlager hergerichtet waren, zeigte Luke den Detektiven das gegenüberliegende, altertümlich ausgestattete Badezimmer. Ein mächtiger Spiegel mit reich verziertem Rahmen hing über zwei großen Marmorwaschbecken, deren polierte Armaturen in goldenem Glanz erstrahlten. Den absoluten Blickfang stellte jedoch die gewaltige emaillierte Badewanne mit ihren vier massiven Löwenfüßen dar.

Nachdem die Jungen sich für die Nacht fertig gemacht hatten, schaltete Bob den vorsintflutlichen Fernseher ein und ruckelte an der verbogenen Zimmer-Antenne herum, um einen halbwegs störungsfreien Empfang zu bekommen.

Falls der Butler eine weitere Lauschaktion startete, sollte es so klingen, als ob die Jungen wie angekündigt einfach nur den Hitchcock-Klassiker *Der unsichtbare Dritte* anschauten. Außerdem würde der Fernsehton ihre Gespräche überdecken, sodass sie frei reden konnten. Bobs Bemühungen waren jedoch nur von mäßigem Erfolg gekrönt.

»Dieser Kasten ist so steinalt, dass wahrscheinlich schon George Washington davorgesessen hat …« Unwillig gab der Zweite Detektiv der Antenne einen weiteren Stups, wodurch sich das weiß-graue Flackern jedoch nur verstärkte. Lediglich der Ton drang nun glasklar durch. Schließlich winkte Bob ab und ließ sich entnervt auf das Sofa plumpsen.

»Freunde, ich bin zwar kein Hellseher, aber ich habe die starke Vermutung, dass Cary Grant auf der Flucht vor dem Flugzeug diesmal nicht in ein hitzeflirrendes Maisfeld, sondern durch Schneegestöber rennen wird …«

»Da wir den Film lediglich als Ablenkungsquelle benötigen, ist die Bildqualität glücklicherweise nachrangig«, dozierte Justus und wandte sich wieder der Matratze zu, auf der er inzwischen einige Utensilien ausgebreitet hatte. Neben vier Funkgeräten, mehreren unterschiedlich großen Taschenlampen und einigen Metallklemmen lag ein grauer, würfelförmiger Monitor, der offenbar vor allem von Klebeband zusammengehalten wurde. Auf einem Kissen direkt daneben ruhte ein schmaler, etwa stiftgroßer Gegenstand, an dessen Längsseiten mehrere Drahthaken angebracht waren. Amüsiert blickte Bob dem Ersten Detektiv über die Schulter. »Da hat unser Herr Professor wohl mal wieder ein wenig herumgebastelt, stimmt's?«

»Ganz recht.« Justus lächelte zufrieden. »Letztens bin ich auf dem Schrottplatz über eine ganze Kiste mit Ausschussware eines Technik-Discounters gestolpert. Die muss Onkel Titus vor Urzeiten irgendwo aufgegabelt haben. Jedenfalls war einiges von dem Zeug noch in recht gutem Zustand, beispielsweise dieser batteriebetriebene Monitor und ...«, er hob den kleinen Gegenstand an, »... die dazugehörige Minikamera hier, die ich ein wenig modifiziert habe.«

Auch Peter und Luke traten nun neugierig heran und betrachteten die winzige Linse an der Spitze des Geräts.

»Und wozu die Drähte?«, fragte der Zweite Detektiv verdutzt.
Demonstrativ drehte Justus einige der Draht-Häkchen in verschiedene Richtungen. »*Das* hier sind flexible und gleichzeitig sehr robuste Halterungen, die ich an der Kamera angebracht habe, um sie überall fest und sicher platzieren zu können.«
»An welchen Ort hast du denn da gedacht?«, fragte Luke.
»Da Mrs Pembroke der Dreh- und Angelpunkt aller Geschehnisse zu sein scheint, möchte ich die Kamera im Flur des ersten Stocks anbringen. Die drahtlose Verbindung zum Monitor hat eine Reichweite von ungefähr hundert Metern, das dürfte also kein Problem sein. Auf diese Weise können wir unbemerkt von unserem Zimmer aus den Flur im Auge behalten und sofort handeln, falls etwas passiert.«
»Prima Idee«, erwiderte Bob. »Aber da oben wird's doch stockdunkel sein, oder?«
Justus schüttelte den Kopf. »Auf dem Rückweg vom Abendessen habe ich gesehen, dass im ersten Stock mehrere große Kerzen in Wandhaltern brennen. Und falls die Kerzen irgendwann ausgehen sollten, kommt die integrierte Nachtsichtfunktion zum Tragen.« Der Erste Detektiv deutete auf einen kleinen Beistelltisch, der neben dem Kleiderschrank stand. »Diesen Tisch samt dem Monitor stellen wir neben das rechte Fenster, sodass man seitlich an der Gardine vorbei nach draußen sehen kann. Zusammen mit dem Korbstuhl wird das unser nächtlicher Beobachtungsposten.«

Peter nickte. »Verstehe. Von dort aus halten wir abwechselnd Nachtwache.«

»Korrekt. Da wir beinahe Vollmond haben, müsste man das Grundstück recht gut überblicken können. Und für den Fall der Fälle …«, Justus holte einen weiteren Gegenstand aus seinem Rucksack hervor, »… habe ich ein Jagd-Fernglas mit Restlichtverstärker mitgebracht.«

»Du hast wirklich an alles gedacht«, stellte Luke freudig fest. »Und ich hab auch schon eine Idee, wie ich Rupert ablenken kann, damit er uns nicht dazwischenfunkt. Mein Radiowecker hat seit Kurzem eine Macke und ich frag ihn einfach, ob er sich den mal anschauen kann.«

»Ein exzellenter Einfall«, lobte Justus. »Allerdings schlage ich vor, dass Peter das übernimmt, während wir die Kamera anbringen. Nichts für ungut, aber der geschulte Blick eines Detektivs vermag vielleicht Auffälligkeiten zu entdecken, die einem Laien entgehen könnten.«

»Vielen Dank für die Blumen«, erwiderte der Zweite Detektiv sarkastisch und atmete tief durch. »Also dann – auf ins Gefecht!«

Rupert zeigte sich über Peters Besuch zwar nicht erfreut, doch er wies ihn auch nicht ab. Augenscheinlich war er gerade in die Lektüre eines dicken, ledergebundenen Buchs vertieft gewesen, denn als der Junge eintrat, schob der Butler es mit einer beiläufigen Bewegung unter ein Kissen auf seinem Sessel. Außerdem fiel dem Zweiten Detektiv auf, dass Rupert mit einer nervösen Handbewegung zu seiner

Westentasche griff, um ein herauslugendes gelbes Röhrchen tiefer hineinzustopfen.
»Worum geht's?«, fragte der Butler in seiner gewohnt griesgrämigen Art.
Peter zeigte ihm den Radiowecker. »Der läuft leider nicht mehr richtig. Ich habe Luke angeboten, Sie um Hilfe zu bitten, damit er in Ruhe den Film weiterschauen kann. Es wäre toll, wenn Sie sich den Wecker mal ansehen könnten.«
Rupert nahm das Gerät entgegen und betrachtete es eingehend. Dann nickte er und deutete zur Tür. »Okay. Du kannst dann wieder zu Luke gehen. Ich bring dir den Apparat rüber, wenn ich fertig bin.«
Der Zweite Detektiv schluckte unwillkürlich. Das brachte den ganzen Plan durcheinander. Er sollte ja unbedingt beim Butler bleiben, um sicherzustellen, dass Rupert nicht plötzlich nach draußen kam. Zögernd trat Peter einen Schritt näher. »Wenn es Ihnen recht ist, würde ich gerne hierbleiben und Ihnen zuschauen. Vielleicht … kann ich dabei ja etwas lernen.«
Argwöhnisch hob Rupert die linke Augenbraue, doch dann nickte er und bot ihm mit einer stummen Kopfbewegung an, auf einem Stuhl Platz zu nehmen. »Dann wollen wir mal zusehen, dass wir den Wecker so *schnell* wie möglich wieder in Gang kriegen.« Während er das sagte, waren seine Augen unverwandt auf den Jungen gerichtet. »Wir wollen schließlich nicht, dass du zu viel von eurem Film verpasst …«
»Das … ist wirklich nett«, erwiderte Peter mit unsicherem

Lächeln. Ahnte Rupert etwas von dem Ablenkungsmanöver? Wenn ja, war es umso wichtiger, ihn lang genug festzuhalten. Nachdem er sich vergewissert hatte, dass der Butler in das freigelegte Innenleben des Radioweckers vertieft war, riskierte der Zweite Detektiv einen Seitenblick zum Sessel. Von dem Buch ragte lediglich eine Ecke unter dem weinroten Kissen hervor und offenbarte die ersten beiden Buchstaben des Titels: MO. Peters Pulsschlag beschleunigte sich abrupt. Wie von selbst hatten seine aufgewühlten Gedanken den Rest des Wortes ergänzt: MONSTER! Mit geweiteten Pupillen bemerkte er nun, dass auch ein Teil der Umschlag-Illustration zu erkennen war. Es handelte sich nur um einen kleinen Ausschnitt, doch er war sich absolut sicher, was er darauf sah.
Grässliche Tierzähne und die Spitze einer Harpune …

Justus und Luke brachten derweil im ersten Stock die Mini-Kamera an. Von Bob über Funk dirigiert, hatten sie sich für den mächtigen, stark verschnörkelten Rahmen eines Ölgemäldes entschieden, das direkt am Beginn des Flurs hing. Auch hier oben gab es überall Bilder, die das Meer oder seltsam menschenlose Schiffe zeigten. Am Ende des Flurs stand ein gewaltiger Eichenholzschrank mit verglasten Türen, hinter denen jedoch nur gestaltlose Schwärze zu erkennen war. Nach einem letzten Check der Drahtbefestigung machten sich die Jungen auf den Rückweg.
Knapp zehn Minuten später kehrte auch Peter zurück, den reparierten Radiowecker fest umklammert. Aufgeregt er-

zählte er von seiner Entdeckung in Ruperts Zimmer. Im Anschluss an seinen Bericht blickte er mit sichtlicher Beunruhigung in die Runde.
»Ich weiß ja nicht, wie ihr das seht, aber für mich klingt das so, als ob der Butler ein geheimes Beschwörungsbuch hat, mit dem er diesen Monster-Harpunier herbeirufen kann. Der Typ sieht ja auch aus wie ein echter Hexenmeister ...«
»Deine Einschätzung in allen Ehren«, erwiderte Justus mit mühsam unterdrücktem Spott, »aber für einen solch abenteuerlichen Rückschluss fehlt jede Beweisgrundlage. Fraglos richtig ist jedoch, dass Rupert bis über beide Zöpfe in der Sache drinzustecken scheint.«
Luke sah ihn unsicher an. »Du ... glaubst also, dass der Harpunier nicht echt ist?«
»Echt durchaus, aber gewiss kein Dämon«, erwiderte Justus lächelnd. »Nach unserer reichhaltigen Detektiv-Erfahrung steckt hinter jeder vermeintlich übersinnlichen Erscheinung eine höchst irdische Erklärung.«
»Apropos Erklärung – vielleicht haben die Anfangsbuchstaben M und O, von denen Peter erzählt hat, ja mit diesem seltsamen Mochin zu tun«, mutmaßte Bob.
Justus nickte. »Guter Hinweis, Dritter. Nach deiner morgigen Recherche werden wir hoffentlich mehr wissen. Versuch dann auch gleich, etwas über diesen Alvin Cray herauszufinden. Der ist für uns bislang ja noch ein völlig unbeschriebenes Blatt.« Erschöpft blinzelnd wandte er seinen Blick zum Fernseher, dessen Bild ausnahmsweise völ-

lig störfrei war. Soeben bestieg Cary Grant den luxuriösen 20th-Century-Limited-Nachtzug nach Chicago. »Sofern es keine Gegenstimmen gibt, schlage ich vor, dass wir uns noch den restlichen Film ansehen und uns anschließend aufs Ohr legen – mit Ausnahme der Nachtwache natürlich.«

»Ich melde mich freiwillig für die erste Schicht«, verkündete Peter. »Dann hab ich's hinter mir …«

Monsternacht

Die Jungen hatten sich dafür entschieden, einander alle zwei Stunden abzulösen. Peter übernahm die Wache von elf bis ein Uhr, Bob von ein bis drei Uhr, Justus von drei bis fünf Uhr und Luke von fünf bis sieben Uhr. Während die anderen sich hinlegten, machte es sich der Zweite Detektiv mit einer Wolldecke und einer Thermoskanne Kakao von Luke auf seinem Beobachtungsposten bequem. Bis auf den kleinen Kerzenleuchter direkt neben dem Monitor waren inzwischen alle Lichter im Raum gelöscht. Zäh verstrichen die Minuten. Immer wieder lugte Peter durch den dicken Vorhang in den mondbeschienenen Garten hinaus, doch dort war nichts Außergewöhnliches zu entdecken. Auch auf dem Bildschirm tat sich nichts. Ruhig und friedlich lag der Flur im Kerzenschein.

Nach einer gefühlten Ewigkeit waren die zwei Stunden endlich verstrichen. Leise schlich Peter zum Sofa hinüber und weckte Bob für dessen Schicht. Schlaftrunken trottete der Dritte Detektiv zum Monitor-Tisch hinüber und ließ sich in den Korbstuhl fallen. Eigentlich hatte er angenommen, dass er nach der zweistündigen Ruhepause um einiges erholter sein würde als vorher, doch das Gegenteil war der Fall. Es kam ihm so vor, als ob tonnenschwere Gewichte an seinen Augenlidern hingen. Der Radiowecker auf

Lukes Nachttisch zeigte 1 Uhr 16 an. Bob hatte also erst ein Achtel seiner Schicht hinter sich gebracht. Mürrisch vergewisserte er sich am Monitor, dass im ersten Stock alles in Ordnung war, dann schob er die Gardine ein kleines Stück beiseite, um nach draußen zu schauen – und erstarrte. Mehrmals blinzelte er heftig, um sicherzugehen, dass ihm seine übermüdeten Sinne keinen bösen Streich spielten. Doch das, was er da sah, war weder ein Hirngespinst noch ein Albtraum. Es war die Wirklichkeit.
Mitten im Garten, direkt neben dem schwarzen See, stand starr eine Frau im weißen Nachthemd. Ihr offenes graues Haar hing ihr wirr ins Gesicht und schimmerte mattsilbrig im Mondlicht. So unglaublich es auch war – dort draußen stand Mrs Pembroke! Aber wie war sie unbemerkt in den Garten gekommen?
Viel stärker als diese Frage beunruhigte Bob jedoch, was nun geschah. Die hagere Frau hatte damit begonnen, ihre Hüften langsam hin und her zu wiegen, so als tanze sie zu einer lautlosen Melodie. Anfangs war dieser Tanz noch ruhig, beinahe anmutig, doch er wurde zusehends schneller und verstörender. In immer wilderen, erschreckend abgehackten Bewegungen warf die weiße Frau ihren Oberkörper hin und her. Inzwischen hatte sie sich von ihrer Position gelöst und kam langsam, Schritt um Schritt, auf das Haus zu.
Bob war von dem unfassbaren Anblick so gebannt, dass er seine Augen einfach nicht abwenden konnte. Entsetzt erkannte er, dass die unheimliche Tänzerin plötzlich eine un-

förmige große Klinge in der Hand hielt, mit der sie wilde Kreise in die Luft schnitt. Immer schneller wurden ihre Bewegungen, immer näher kam die albtraumhafte Gestalt, hinter deren zuckenden Haarsträhnen der Dritte Detektiv nun ein grässliches Grinsen zu erkennen glaubte. Und funkelnde pechschwarze Augen, die gierig auf ihn gerichtet waren.

In diesem Moment brach der Bann. Atemlos wirbelte Bob herum – und starrte ins kalkbleiche, entsetzlich verzerrte Gesicht von Mrs Pembroke, die direkt vor ihm stand! Diesmal bestand kein Zweifel, dass es tatsächlich Lukes Tante war. Sie musste aus dem ersten Stock heruntergekommen sein und sich in den vergangenen Sekunden lautlos an ihn herangeschlichen haben, während Bob von ihrer gespenstischen Doppelgängerin abgelenkt war. Mrs Pembrokes panisch aufgerissene Augen blickten durch den schmalen Gardinenspalt nach draußen.

»Das Strafgericht ist nahe!«, schrie sie wie von Sinnen und griff sich keuchend mit beiden Händen an den Kopf. »Meine Seele ist dort draußen! Der Dämon hat sie mir geraubt und hetzt sie nun auf mich! Sie soll mich in seine Arme treiben!«

Justus, Peter und Luke schreckten aus dem Schlaf hoch und blickten entgeistert auf die bizarre Szenerie. Mrs Pembroke war inzwischen in einer kreiselnden Bewegung wieder zur Tür zurückgestürzt. In ihrem weißen Nachthemd sah sie aus wie ein leibhaftiger Geist. Unvermittelt drehte sie sich noch einmal um und raunte mit verschleiertem Blick: »Seid euch gewiss, ihr Schäfchen – diesmal kommt er nicht, um zu sehen, sondern um zu fressen!« Dann verschwand sie in der Dunkelheit des Flurs.

Justus war der Erste, der sich aus seiner fassungslosen Starre löste. Wie von der Sehne geschnellt sprang er auf und schnappte sich seine Jeans.

»Was ist – braucht ihr eine Extra-Einladung?«, fauchte er.

Auch Peter und Luke griffen jetzt hastig zu ihren Hosen und Schuhen, während Bob die Gardine aufriss und mit gehetztem Blick den Garten absuchte.

»Sie … ist verschwunden!«

Ungehalten wandte ihm Justus den Kopf zu. »Von wem redest du, zum Kuckuck?«

Fahrig deutete der Dritte Detektiv hinaus. »Da draußen … ist gerade eine Frau gewesen, die aussieht wie Mrs Pembroke! Sie … stand am See, kam dann aufs Haus zu und hatte einen riesigen Dolch in der Hand!«

»Was?«, entfuhr es Luke. Er konnte nicht glauben, was er da gerade gehört hatte.

»Aber das kann doch gar nicht sein!«, rief Peter. »Mrs Pembroke war doch hier im Zimmer!«

Plötzlich wurde die Tür aufgerissen und die Deckenlampe eingeschaltet. Wutschnaubend streckte der Butler seinen hochroten Kopf in den Raum. »Was, zum Teufel, ist denn hier los?? Seid ihr vollkommen wahnsinnig geworden, mitten in der Nacht einen solchen Krach zu veranstalten?!«

»Das waren wir nicht«, rief Luke aufgeregt. »Tante Gwen war hier und hat ganz wirres Zeug geredet!«

»Und draußen im Garten läuft eine Frau herum, die genauso aussieht wie sie!«, ergänzte der Dritte Detektiv hektisch.
»Willst du mich für dumm verkaufen?«, schnaubte Rupert. Doch er schien Bob anzumerken, dass er es ernst meinte, denn augenblicklich schoss der Blick des Butlers zum Fenster. Dann wirbelte er herum und stürmte davon.
»Auch für uns wird's höchste Zeit – kommt schon!«, feuerte Justus seine Freunde an. »Peter, du läufst in den ersten Stock und siehst nach, ob Mrs Pembroke wieder auf ihrem Zimmer ist und ob es ihr gut geht. Bob und ich folgen Rupert in den Garten, um die Frau zu suchen. Jeder von uns nimmt Funkgerät und Taschenlampe mit. Luke, du bleibst mit dem Nachtsicht-Fernglas hier am Fenster und meldest dich sofort, wenn du etwas Auffälliges entdeckst. Und jetzt los!«
Zwar lief Justus als Erster los, doch er wurde bereits nach wenigen Metern von Peter überholt, der mit Höchsttempo zum Treppenaufgang sprintete. Während der Zweite Detektiv mit einsatzbereitem Funkgerät in der Hand die Stufen hinaufjagte, registrierte er aus den Augenwinkeln das Aufblitzen der Taschenlampen von Bob und Justus, die soeben durch die offen stehende Eingangstür nach draußen rannten. Nur Sekunden später hatte Peter den ersten Stock erreicht – und taumelte mit einem überraschten Aufschrei zurück.
Am anderen Ende des Flurs stand jemand, der nun ebenso wie Peter reglos verharrte. Im diffusen Licht der vier Kerzenleuchter konnte der Zweite Detektiv nur eine schemen-

hafte Gestalt erkennen, doch es war eindeutig nicht Mrs Pembroke! Der Fremde schien recht groß zu sein und hielt einen Gegenstand in der Hand, der aussah wie ein Knüppel. Peter spürte, wie das Adrenalin durch seinen Körper schoss und sein Pulsschlag in die Höhe schnellte.

»Was haben Sie hier zu suchen?«, rief er und hoffte, dass es energisch und furchtlos klang, was aber nur mäßig klappte. Der Unbekannte zeigte keine Reaktion. Immer noch stand er wie angewurzelt da und schien auf Peters nächsten Schritt zu warten. Jetzt reichte es dem Zweiten Detektiv. Er wollte endlich wissen, mit wem er es zu tun hatte. Blitzschnell griff er mit der freien Hand in seine Hosentasche, zog die kleine Taschenlampe hervor, richtete sie nach vorn – und wurde von einem grellen Licht geblendet.

Nach einem kurzen Schreckmoment wurde Peter klar, dass es der Schein seiner eigenen Taschenlampe war, der ihm da ins Gesicht strahlte. Der unheimliche Fremde am anderen Ende des Flurs war niemand anders als er selber, der sich in den Glastüren des riesigen Schranks spiegelte. Und der vermeintliche Knüppel in der Hand des Unbekannten war sein klobiges Funkgerät. Erleichtert atmete der Zweite Detektiv tief durch und schaltete die Taschenlampe wieder aus.

»Ein Glück, dass Just und Bob das nicht mitbekommen haben«, murmelte er leise. »Die hätten mir in den nächsten Wochen immer wieder schön aufs Brot geschmiert, dass ich vor meinem eigenen Spiegelbild –«

Ein starker Luftzug, der auf einen Schlag sämtliche Kerzen im Flur auslöschte, brachte ihn abrupt zum Verstummen.

Vollkommen perplex zuckte Peter zurück und stieß dabei so heftig mit der linken Hand gegen die Wand, dass er seine Taschenlampe fallen ließ. Am lang anhaltenden, rhythmischen Scheppern erkannte der Zweite Detektiv mit Schrecken, dass die Lampe nun Stufe für Stufe die Treppe hinunterrollte und schließlich tief unten hart aufschlug. Seine einzige Lichtquelle war nun hoffnungslos außer Reichweite. Erst jetzt wurde ihm bewusst, dass die Eingangstür in der Zwischenzeit wieder geschlossen worden sein musste, denn nicht der geringste Schimmer des Mondes drang zu ihm herauf. Auch durch die Fenster fiel wegen der Vorhänge kein Lichtschein. Das Dunkelhaus machte seinem Namen nun alle Ehre. Tintenschwarze Finsternis umfing Peter.

Und dann hörte er plötzlich das Knurren.

»Kannst du Rupert irgendwo sehen?«, fragte Bob keuchend, während er neben Justus den Kiesweg entlangrannte und mit der Taschenlampe den Garten absuchte.

»Nein, weder ihn noch die weiße Frau«, schnaufte Justus. »Halt mal kurz an, damit wir uns orientieren können.«

Die Jungen stoppten und blickten sich nach allen Seiten um. Sie hatten sich inzwischen gut fünfzig Meter vom Haus entfernt, das sich als düstere Silhouette vom sternenklaren Nachthimmel abhob. Wegen der schieren Größe des Grundstücks konnten sie nur einen Teil des Gartens überblicken. Rechts von ihnen lag der schwarze See und zu ihrer Linken erstreckte sich eine hufeisenförmige Gruppe

von Büschen, zwischen denen vereinzelt skelettartig dürre Pinien aufragten wie die Krallen riesiger Vögel.
»Wir sollten uns trennen«, entschied Justus. »Ich schaue mich am See um und du nimmst dir die Büsche vor.«
Bob nickte angespannt. »Gut, dann los!«
Mit ausgestreckter Taschenlampe lief Justus zum See hinüber, während der Dritte Detektiv zwischen den Büschen verschwand. Auf dem ausgetrockneten Rasen waren keine Fußspuren zu entdecken gewesen, aber in der Nähe des Wassers hoffte Justus fündig zu werden. Schließlich hatte Bob gesagt, dass er die unheimliche Frau dort gesehen hatte. Meter für Meter suchte er den feuchten Uferboden ab und schaute sich dabei immer wieder seitlich nach dem hin und her huschenden Lichtkegel von Bobs Taschenlampe um. Plötzlich stockte er, ging in die Hocke und tastete eine Vertiefung ab, die sich tatsächlich als ein frischer Fußabdruck herausstellte.
»Treffer!«, murmelte der Erste Detektiv zufrieden und beugte sich nach vorn, um den Abdruck genau in Augenschein zu nehmen. Er war von seiner Entdeckung so abgelenkt, dass er die leichte Bewegung im hüfthohen Gras links von ihm zunächst gar nicht wahrnahm. Erst als erneut einige Halme zuckten und ein leises Rascheln ertönte, wandte er irritiert den Kopf zur Seite. Die riesige Rasenfläche lag völlig reglos vor ihm und bis auf die entfernten Geräusche von Bob war nicht das Geringste zu hören. Sollte er sich getäuscht haben? Nein, Justus war sich absolut sicher, direkt in seiner Nähe eine Bewegung wahrgenommen zu

haben. Möglicherweise nur eine Maus oder eine streunende Katze, doch sein detektivischer Instinkt sagte ihm, dass er sich vergewissern sollte.
Er schwenkte seine Taschenlampe in die ungefähre Richtung, aus der das raschelnde Geräusch gekommen war, und schritt so leise wie möglich in das Grasmeer hinein. Überrascht bemerkte er kurz darauf in geringer Entfernung kleine Lichtspiegelungen. Im Gras schien irgendein Gegenstand zu liegen, der den Schein seiner Taschenlampe zurückwarf. Möglicherweise ein wichtiges Beweisstück, das die Frau auf ihrer Flucht verloren hatte!
Aufgeregt und angespannt zugleich näherte sich der Erste Detektiv dem Ursprung der Reflexionen, der unterhalb eines gewaltigen Strauchs zu liegen schien. Vorsichtig schob er die verdorrten Blätter beiseite, beugte sich vor und zuckte keuchend zusammen. Ins hohe Gras geduckt wie ein jagendes Raubtier lauerte die weiße Frau und starrte ihn an! Ihre schmutzverkrusteten grauen Haare hingen wie ein zerfranster Vorhang vor dem Gesicht und ließen nur die funkelnden Augen erkennen. Schockiert sah Justus nun, was die ganze Zeit über das Licht seiner Taschenlampe gespiegelt hatte: ein riesiges Messer! Unwillkürlich musste Justus an das letzte Thanksgiving-Fest denken, als Onkel Titus mit einem ähnlich großen Tranchiermesser den mächtigen Truthahn zerteilt hatte. Und noch etwas anderes erinnerte ihn an den damaligen Tag, doch bevor es ihm einfiel, stieß die Frau plötzlich ein leises, kaum hörbares Zischen aus.
Dann stürzte sie auf ihn los. In heller Panik wirbelte der

Erste Detektiv herum und rannte. Gerade wollte er sein Funkgerät an den Mund pressen, da stolperte er über eine Unebenheit im Boden, kreiselte hilflos um die eigene Achse und stürzte aufschreiend die flache Böschung zum See hinunter. Noch bevor das tiefschwarze Wasser über ihm zusammenschlug, hörte er Bob in der Ferne laut um Hilfe rufen.

Angriff aus der Finsternis

Hilflos wedelte Peter mit weit ausgestreckten Armen in der Dunkelheit und fand auf der rechten Seite schließlich Halt an einer Wand. Seine Nerven waren zum Zerreißen gespannt. Was war das gerade für ein Geräusch gewesen? Hatte er wirklich ein Knurren gehört oder war das nur eine knarrende Tür gewesen? Lauschend hielt er den Atem an, doch er konnte nichts anderes hören als seinen rasenden Pulsschlag.

Okay, reiß dich zusammen, Peter, befahl er sich in Gedanken. Du musst irgendwie an Licht kommen …

Nach einigen Sekunden heftigen Grübelns fiel dem Zweiten Detektiv blitzartig eine Lösung ein, die so einfach und naheliegend war, dass er es gar nicht fassen konnte, erst jetzt darauf zu kommen: der Lichtschalter! Peter hatte sich schon so sehr an die altertümliche Kerzenbeleuchtung im Dunkelhaus gewöhnt, dass er gar nicht mehr daran gedacht hatte, dass es auch elektrisches Licht gab. Verbot hin oder her – das hier war ein Notfall. Allerdings erinnerte sich Peter nicht mehr, auf welcher Seite und in welcher Höhe am Flur-Eingang der Schalter angebracht war. Ihn blind zu ertasten, wollte er wegen der kostbaren Bilder an den Wänden lieber nicht riskieren. Dann kam ihm die rettende Idee – die Lösung hieß Luke! Zwar konnte er ihn nicht bitten, mit einer Taschenlampe hochzukommen, da Luke ja als Posten am Fenster gebraucht wurde, aber der Junge könnte ihn am Monitor zum Lichtschalter lotsen. Die Kamera hatte ja schließlich eine Nachtsicht-Funktion.

Hastig hob der Zweite Detektiv das Funkgerät an den Mund und betätigte den Sprechknopf. »Luke? Hier Peter. Kannst du mich hören?«

Einen Moment lang knisterte es nur leise und Peter befürchtete schon, dass dort unten irgendetwas passiert war, doch dann kam die erlösende Antwort.

»Hier Luke. Entschuldige, dass du warten musstest, aber der Strom ist ausgefallen und ich musste die Kerzen anzünden.«

Bingo, schoss es Peter durch den Kopf. Das war's dann also mit der glorreichen Lichtschalter-Idee …

Grimmig biss sich der Zweite Detektiv auf die Unterlippe und dachte angestrengt nach. Plötzlich fiel ihm der batteriebetriebene Monitor ein – der benötigte ja keinen Strom! Hastig setzte er das Funkgerät erneut an die Lippen.

»Luke, ich brauche dringend deine Unterstützung. Hier oben im Flur sind alle Kerzen ausgegangen und ich habe meine Taschenlampe verloren. Ich kann die Hand nicht vor Augen sehen. Schau also bitte auf den Monitor und sag mir Bescheid, wenn ich beim Gehen irgendwelchen Gegenständen oder Bildern zu nahe komme. Okay?«

»Okay …«, erwiderte der Junge nervös. Erneut herrschte einige Sekunden lang Stille, bis sich Luke wieder meldete.

»So, ich habe dich jetzt genau im Blick. Du musst dich

ein kleines Stück nach links drehen und kannst dann einfach –«

Abrupt stockte der Junge und keuchte etwas, das sich für Peter wie »Oh, mein Gott!« anhörte. Entgeistert drückte der Zweite Detektiv erneut die Sprechtaste.

»Luke? Was ist los?«

Die kreischende Antwort des Jungen war so verstörend laut, dass Peter heftig zusammenzuckte.

»Das Monster ist da oben bei dir!!«

In derselben Sekunde erklang erneut das dunkle Knurren. Wild und gierig.

Fassungslos blickte der Dritte Detektiv auf den reglosen Körper des Butlers, der vor ihm im Schein der Taschenlampe am Boden lag. Er war bewusstlos, doch sein regelmäßiger Atem zeigte an, dass er nicht in Lebensgefahr schwebte. Jemand musste ihn mit brutaler Gewalt niedergeschlagen haben, denn am kahlen Hinterkopf war eine blutende Wunde zu erkennen. Instinktiv griff Bob zum Walkie-Talkie, um Hilfe herbeizurufen, doch das Gerät gab nur statisches Rauschen von sich. Vielleicht war der Empfang wegen der dichten Büsche gestört. Aus vollem Hals rief er nun um Hilfe, hielt dann aber mit schreckgeweiteten Augen inne. Gerade hatte er Justus aufschreien hören und unmittelbar danach war ein lautes Platschen ertönt. Er musste ins Wasser gefallen sein! Sofort stürzte Bob aus den Büschen hervor und rannte zum See hinüber. Als er ankam, kämpfte sich der prustende Erste Detektiv bereits wieder ans Ufer.

»Was ist denn passiert?«, fragte Bob besorgt und griff ihm helfend unter die Achseln.
»Wo ist sie?«, japste Justus atemlos.
Irritiert wandte sich Bob um. »Du meinst die Frau? Du hast sie gesehen?«
»Gesehen wäre leicht untertrieben – sie hat mich angegriffen und dann bin ich über die Böschung gestürzt.«
»Mannomann«, hauchte der Dritte Detektiv und blickte seinen Freund betroffen an. »Hat sie dich irgendwo mit dem Messer erwischt? Manchmal merkt man Verletzungen durch den Schock nicht sofort.«
Justus schüttelte den Kopf und rieb sich den rechten Arm. »Beim Sturz habe ich mir den Ellenbogen geprellt, aber ansonsten ist alles okay. Leider liegt mein Funkgerät jetzt auf dem Grund des Sees und die Taschenlampe werden wir im hohen Gras wohl auch nicht mehr wiederfinden. Vorläufig bin ich also auf dich angewiesen.« Plötzlich fiel ihm Bobs Hilferuf wieder ein. »Und was war bei dir los?«
»Ich habe Rupert gefunden – er ist ohnmächtig! Jemand hat ihm heftig eins über den Schädel gezogen.«
Angespannt verengte der Erste Detektiv die Augen. »Die weiße Frau muss ihm aufgelauert und aus dem Hinterhalt zugeschlagen haben. Aber wohin ist sie verschwunden?«
Halbherzig leuchtete Bob die nähere Umgebung ab. »Dieser Garten ist so riesig, dass sie sich überall verstecken könnte. Heute Nacht können wir nichts mehr ausrichten. Außerdem müssen wir den Butler ins Haus bringen und versorgen.«

Hastig liefen die Jungen zu den Büschen zurück und knieten sich neben Rupert nieder. Dann legten sie sich jeweils einen Arm des leise stöhnenden Butlers über die Schulter und richteten sich wieder auf. Im dichten Gras kamen sie nur sehr langsam voran, doch schließlich konnten sie im Mondlicht die Eingangstür des Hauses erkennen.
In diesem Moment knackte Bobs Funkgerät und Lukes panische Stimme erschallte.
»Peter! Er kommt auf dich zu!!«
Das Herz des Zweiten Detektivs raste. Im Erdgeschoss schien ein Vorhang nicht ganz geschlossen zu sein, sodass Peters Augen sich wegen des heraufsickernden Mondlichts inzwischen ein wenig an die Dunkelheit gewöhnt hatten und vage Konturen erfassen konnten. Ganz hinten, am Ende des Flurs, ragte ein Schatten auf. Es konnte nicht der Kleiderschrank sein, denn dieser Schatten bewegte sich! Offensichtlich nur langsam, aber Peter konnte deutlich hören, wie sich die schlurfenden Schritte unerbittlich näherten. Und das grässliche Knurren, das beständig an Stärke zunahm.
Im Kopf des Zweiten Detektivs herrschte pures Chaos. Er war in der Falle – vor sich das Monster und hinter sich die steile Treppe, auf der er im Dunkeln mit Sicherheit den Halt verlieren würde. Aber ein gebrochener Arm war immer noch besser, als von einer Harpune durchbohrt zu werden. Gerade wollte er sich umdrehen, um sich an die erste Stufe heranzutasten, da flammte plötzlich ein Licht auf. Es war der flackernde Schein einer großen, roten Kerze, die so-

eben entzündet worden war. Eine grobe Klauenhand hielt sie umschlossen. Und darüber … Peter stockte der Atem, als er in die grauenvolle Fratze des Monsters blickte.

Riesige, pupillenlose Augen glotzten ihn durchdringend an. Kalt und seelenlos. Und doch entsetzlich lebendig. Ein wahr gewordener Albtraum, der sich keine acht Meter entfernt vor ihm auftürmte wie ein knurrendes Gebirge. Viel schlimmer jedoch als die Augen war der gewaltige Rachen des Monsters. Ein weit aufgerissener Schlund, aus dem zwei Reihen fürchterlicher Haizähne hervorblitzten. Weiße Klingen in einem schwarzen Loch.

Der Anblick des Ungeheuers war um ein Vielfaches schrecklicher als vor zwei Tagen. Nicht nur weil damals die schützende Höhe zwischen Peter und dem Wesen gelegen hatte, sondern weil jetzt aus der Nähe Einzelheiten zutage traten, die dem Zweiten Detektiv zuvor entgangen waren. Wie gelähmt starrte er auf den grausig entstellten Kopf, dessen Stirn und Wangen im unruhigen Schein der Kerze wie eine zuckende Kraterlandschaft wirkten. Schockiert erkannte Peter, dass es nicht einfach nur Narben waren, die sich in die graue Haut des Ungeheuers gegraben hatten, sondern riesige Bissspuren. Auch der Mantelkragen und der enorme Hut waren an einigen Stellen regelrecht zerfetzt.

Dunkle Tropfen perlten an der weit ausladenden Krempe herab. Erst jetzt bemerkte Peter, dass die gesamte Gestalt triefend nass war, als sei sie gerade dem Meer entstiegen. Auf dem Boden hatte sich bereits eine große Pfütze ausgebreitet. In seiner rechten Hand hielt das Wesen eine mächtige Harpune, deren im Kerzenlicht funkelnde Metallspitze fast die Decke des Flurs berührte. Doch jetzt, Zentimeter für Zentimeter, senkte sie sich langsam, bis sie direkt auf Peters Kopf gerichtet war. Ein gurgelndes Rasseln entwich dem Maul des Monsters, zornig und voller Gier.

»Rache …«

Das anschließende ohrenbetäubende Brüllen riss den Zweiten Detektiv endgültig aus seiner Erstarrung. Panisch blickte er sich um. Im spärlichen Licht waren die Flurtüren nun deutlich zu erkennen. Mit der Kraft der Verzweiflung schleuderte Peter sein Funkgerät so fest wie nur möglich auf die Kreatur, stürzte auf die nächstliegende Tür zu und riss sie auf. Während er die stampfenden Schritte des Harpuniers auf sich zurasen hörte, schlug er keuchend die Tür hinter sich zu und drehte den innen steckenden Schlüssel herum. Kaum hatte er es geschafft, ertönte im Flur erneut ein unmenschliches Brüllen und donnernde Schläge hallten durchs Haus.

Im Raum war es stockdunkel, sodass Peter keine Möglichkeit hatte, rasch ein Versteck zu finden. Mit ausgestreckten Armen stolperte er in das Zimmer hinein, während hinter ihm das schreiende Ungeheuer mit brachialer Gewalt auf die Tür einschlug. Es musste über unfassbare Kräfte verfügen. Lange würden die Scharniere dieser entfesselten Gewalt nicht mehr standhalten können, dessen war sich Peter gewiss.

Er musste unbedingt einen Weg hier raus finden, sonst war

er verloren. Da! Seine Hände hatten rauen Stoff gepackt – eine Gardine! Nun musste er nur noch den Fensterriegel finden und konnte dann nach draußen klettern. Die Chance zur Flucht war buchstäblich zum Greifen nahe! Fahrig tastete Peter nach vorn, doch seine Finger berührten kein Glas, sondern eine massive Wand. Und einen Kleiderhaken, von dem er gerade eine Jacke gerissen hatte …

Es war vorbei. Der Dämon würde kommen, ihn packen und mit sich reißen. Als der Zweite Detektiv sich gerade umdrehte, um seinem Schicksal ins Auge zu blicken, erklangen von unten plötzlich aufgeregte Stimmen.

»Peter – halt durch! Wir kommen!«

Von einer Sekunde zur anderen erstarb das Donnern an der Tür und hastige Schritte entfernten sich. Die einsetzende Stille war geradezu unwirklich. Kurz darauf näherten sich die Stimmen von Justus, Bob und Luke.

»Peter! Wo steckst du?«

»Hier!«, schrie der Zweite Detektiv und tastete sich in der Dunkelheit zur Tür zurück, an deren Klinke nun heftig gerüttelt wurde.

»Du kannst aufmachen!«, rief Justus, spürbar besorgt. »Hier draußen ist niemand außer uns!«

»Ich muss doch erst mal den Schlüssel finden!«, gab Peter atemlos zurück. »Hier drin ist es stockfinster.«

Endlich hatte er es geschafft. Erleichtert seufzend schloss Peter die Tür auf, die sich durch die Schläge des Monsters jedoch so stark verzogen hatte, dass er sie nur gemeinsam mit seinen Freunden aufbekam. Überglücklich nahmen ihn

Bob, Luke und der völlig durchnässte Justus in ihre Mitte. Sie alle trugen Kerzenhalter, außerdem hielt der Dritte Detektiv einen schweren Schürhaken in der Hand.
»Geht es dir gut?«, fragte Justus und legte Peter fürsorglich eine Hand auf die Schulter.
Der Zweite Detektiv verzog das Gesicht zu einem schwachen Lächeln. »Ich bin noch halbwegs ganz, falls du das meinst.« Irritiert blickte er Justus an. »Warum bist du denn klitschnass?«
Er winkte ab. »Ich habe ein unfreiwilliges Bad im See genommen, nichts Ernstes.«
Verunsichert blickte Luke sich um. »Aber wohin ist der Dämon verschwunden? Er kann sich doch nicht einfach in Luft aufgelöst haben!«
»Gewiss nicht«, sagte der Erste Detektiv und kniete sich nieder. »Der gesamte Flurboden ist mit Wasserlachen bedeckt, er muss also Fußspuren hinterlassen haben.« Er tunkte seinen Zeigefinger in eine der Pfützen und führte ihn kurz an die Zungenspitze. »Salzwasser …« Dann richtete er sich wieder auf und deutete auf die nächstliegende Tür. »Kommt – wir müssen jedes Zimmer nach dem Kerl durchsuchen!«
»Aber zuerst müssen wir nach Lukes Tante sehen!«, rief Peter, dem soeben wieder der Grund einfiel, warum er in den ersten Stock gekommen war.
Schnell liefen sie zur letzten Tür auf der rechten Flurseite. Sie war unverschlossen. Der Anblick, der sich ihnen bot, war gespenstisch. In kerzengerader Haltung stand Mrs Pembroke

mitten im dunklen Zimmer und starrte mit verschleiertem Blick ins Nichts. Leise murmelte sie vor sich hin.

»Auf See nahm es seinen Anfang und dort wird es auch enden …« Wieder und wieder sagte sie das, ohne von den Jungen Notiz zu nehmen oder auf ihre Kontaktversuche zu reagieren. Mit sanftem Nachdruck gelang es Luke, seine Tante zu ihrem Bett zu führen, auf das sie sich widerstandslos niederlegte. Während sie die Augen schloss, hauchte sie einen letzten Satz.

»Die Tiefe erwartet mich …«

Keine Polizei!

Nachdem sie nun sicher waren, dass Lukes Tante nichts zugestoßen war, suchten die Jungen den Flur und sämtliche Zimmer der ersten Etage ab. Dabei achteten sie darauf, dass stets einer von ihnen in der Nähe von Mrs Pembrokes Tür blieb. Abgesehen von den ausgedehnten Wasserpfützen, die sich bis zum Ende des Flurs erstreckten, war von dem Harpunier jedoch nicht die geringste Spur zu finden. Auch den verglasten Schrank wollte Justus überprüfen, aber die Türen waren fest verschlossen. Er trat näher heran und leuchtete mit Bobs Taschenlampe hinein, doch außer ein paar Damenjacken war von außen nichts Verdächtiges zu entdecken.

Da Peter trotz intensiver Durchwühlung aller Hosen- und Hemdtaschen sein Dietrich-Set nicht finden konnte, verschoben die Jungen die Inspektion des Schranks auf einen späteren Zeitpunkt und setzten ihre Suche fort. Schließlich entdeckten sie in einem Gästezimmer erst einige Wasserspritzer und dann ein leicht geöffnetes Fenster, durch das der Dämon möglicherweise eingedrungen und wieder geflohen war. Für eine durchtrainierte Person wäre es jedenfalls kein Problem gewesen, über das Dach der Veranda an das Fenster zu gelangen. Doch wer hatte es offen gelassen?

Beunruhigt gingen die Jungen ins Erdgeschoss zurück, um

nach dem Butler zu sehen, den Bob und Justus auf ein Sofa im Salon gebettet hatten. Auf der Treppe hielt Justus plötzlich inne, so als sei ihm gerade etwas eingefallen.
»Was hast du?«, fragte Bob überrascht.
Mit grüblerischer Miene blickte der Erste Detektiv nach oben. »Findet ihr es nicht auch merkwürdig, dass dieser Student trotz des gewaltigen Radaus nicht heruntergekommen ist, um nach dem Rechten zu sehen? Das hätte doch jeder an seiner Stelle gemacht, oder?«
»Das muss nicht unbedingt etwas zu bedeuten haben«, erwiderte Luke. »Earl hat mir mal erzählt, dass er sich zum Einschlafen mit Musik berieseln lässt. Vielleicht benutzt er Kopfhörer und hat deshalb nichts mitbekommen.«
»Dann müssen das aber mächtig dicke Kopfhörer sein ...«, murmelte Peter skeptisch.
Als sie im Salon ankamen, bemerkten sie, dass Rupert inzwischen wieder bei Bewusstsein war.
»Was ... ist denn passiert?«, fragte er heiser und tastete stöhnend seinen Hinterkopf ab.
»Sie sind von hinten niedergeschlagen worden«, erwiderte Justus. »Vermutlich von der Frau, die wir gesucht haben.«
»So eine verdamm–« Abrupt hielt der Butler inne und blickte nervös auf. »Und ... Mrs Pembroke?«
»Ihr geht es den Umständen entsprechend gut«, erklärte Bob. »Aber Peter wurde von einem Einbrecher attackiert.«
»Einem riesigen Monsterkerl mit Harpune, um genau zu sein«, präzisierte Peter.
»Das ist doch ...« Erneut stockte Rupert, verengte die Au-

gen und blickte die Detektive durchdringend an. »Seitdem ihr hier seid, gibt es einen Alarm nach dem anderen und ich habe weder eine fremde Frau noch ein Monster gesehen.«

Unbeeindruckt hielt Justus dem Blick stand. »Falls Sie unterstellen wollen, wir hätten etwas mit den Vorfällen zu tun, weise ich das entschieden zurück. Falls Sie es für ratsam erachten, können Sie ja gern die Polizei hinzuziehen.«

»Nein!«, widersprachen Rupert und Luke gleichzeitig.

Verängstigt blickte der Junge den Ersten Detektiv an. »Wenn die Polizei kommt und meine Tante so sieht, wird man sie mitnehmen und irgendwo einliefern!«

»Das hört sich jetzt vielleicht herzlos an, aber möglicherweise wäre es das Beste für sie«, erwiderte Justus ernst.

»Ist es nicht!«, fauchte der Butler so laut, dass alle ihn überrascht anblickten. »Die meisten Ärzte sind doch nur Quacksalber und Scharlatane!« Er blickte grimmig in die Runde. »Ich werde diesen Spuk eigenhändig beenden, auch ohne fremde Hilfe. Verstanden?!«

Einen Moment lang rang Justus mit sich selbst. Unter anderen Umständen wäre jetzt sicherlich der Moment gekommen, um die Karten auf den Tisch zu legen, doch dafür war die ganze Situation noch zu undurchsichtig. Also nickte er nur kurz. »Nun gut. Aber angesichts der jüngsten Ereignisse werden Sie sicher nichts dagegen haben, wenn auch wir ab jetzt die Augen offen halten.«

Die gegrollte Antwort des Butlers konnte Justus nicht verstehen, was wahrscheinlich auch besser so war.

Nachdem Rupert zum Sicherungskasten gegangen war und den Strom wieder eingeschaltet hatte, machten er und die Jungen einen letzten Kontrollgang durchs Haus, entdeckten jedoch keine weiteren Spuren oder Hinweise auf einen Diebstahl. Um sicherzugehen, dass auch mit Earl alles in Ordnung war, ging Rupert in den zweiten Stock und weckte den Studenten. Die Jungen warteten in der ersten Etage, von wo aus sie mithören konnten, dass der verschlafen klingende Earl sich heftig über die »unverschämte Störung« aufregte. Offensichtlich hatte er von dem nächtlichen Angriff wirklich nichts mitbekommen.
Zuletzt nahmen sie die große Garage, in der Mrs Pembrokes alter Plymouth Cambridge und Ruperts Peugeot 403 Cabrio parkten, in Augenschein, doch auch hier war nichts Ungewöhnliches zu entdecken. Dann wischten sie noch den Flurboden im ersten Stock auf, da die nassen Holzdielen eine enorme Rutschgefahr darstellten.
Zurück in ihrem Zimmer, zog sich Justus endlich trockene Kleider an und ging angespannt auf und ab. »Das alles ist höchst unbefriedigend. Außer dass wir es mit mindestens zwei Personen zu tun haben, wissen wir so gut wie nichts. Weder, was dieser Überfall bezwecken sollte, noch, ob der Butler oder dieser Earl in der Sache drinsteckt.«
»Rupert?«, fragte Bob verwundert. »Der wurde doch niedergeschlagen. Und Earl hat geschlafen.«
»Wissen wir das wirklich?«, fragte Justus eindringlich. »Beides könnte nur vorgetäuscht gewesen sein. Etwas rote Farbe, ein überzeugender Dialog oben an Earls Tür – voilà!«

»Du meinst also, die beiden könnten mit der Geisterfrau und dem Harpunier unter einer Decke stecken«, folgerte Peter.

»Durchaus möglich«, erwiderte der Erste Detektiv. »Ruperts Zustand hat Bob und mich auf jeden Fall davon abgehalten, weiter nach der Frau zu suchen, und ihr so vielleicht die Flucht ermöglicht.« Tief einatmend rieb sich Justus den schmerzenden Ellenbogen. »Mit was auch immer wir es hier zu tun haben, wir sind dringend auf Hintergrund-Informationen angewiesen. Und die wird Bob uns morgen hoffentlich beschaffen können.«

Da es fast drei Uhr war, beschlossen sie, die weiteren Besprechungen auf den nächsten Morgen zu verschieben und noch ein wenig zu schlafen. Während die anderen sich hinlegten, übernahm der Erste Detektiv die Nachtwache am Monitortisch. Die Zeit verstrich, ohne dass etwas Außergewöhnliches geschah. Um fünf Uhr wäre eigentlich Zeit für die Ablösung gewesen, doch er ließ Luke weiterschlafen. Zwar war Justus hundemüde, aber er wusste, dass der Junge am Ende seiner Kräfte war und den Schlaf nötiger hatte.

Knapp zwei Stunden später waren alle wach. Zunächst vergewisserte sich Luke mit einem kurzen Blick in Mrs Pembrokes Zimmer, dass es seiner Tante gut ging. Nach dem von Rupert zubereiteten Frühstück zogen sich die Jungen wieder auf Lukes Zimmer zurück.

Sein Dietrich-Set hatte Peter inzwischen wiedergefunden. Es musste ihm beim raschen Aufbruch in der Nacht aus der Tasche gefallen sein.

»So, Freunde, für mich wird's höchste Zeit aufzubrechen«, verkündete Bob und seufzte. »Mein Programm ist diesmal ja echt stattlich: walisische Wort-Übersetzung, Zeichen-Dechiffrierung, Geschichtsforschung, Personen- und Medizin-Recherche – so viel hatte ich selten auf der Liste …«
Aufmunternd klopfte ihm Peter auf die Schulter. »Du packst das schon. Stell dir einfach vor, du wärst ein Superheld auf wichtiger Mission.« Theatralisch reckte er die rechte Faust hoch. »Captain Bücherwurm mit der Lizenz zum Schmökern!«
Luke brach in prustendes Lachen aus und auch Bob konnte sich ein Grinsen nicht verkneifen. »Und wer bist du dann? Iron Dietrich, der Mann mit dem stärksten Nachschlüssel?«
Justus tippte in spielerischer Strenge auf seine Armbanduhr. »Bevor wir diese elementare Namensfrage zu einem Abschluss bringen, sollten wir zunächst die vor uns liegenden Herausforderungen bewältigen.« Ihm war bewusst, dass Peter und Bob mit ihren Neckereien Luke ein wenig aufheitern wollten. Aber vor ihnen allen lag ein umfangreicher Tagesplan, der nicht länger warten konnte.
Peter zwinkerte schelmisch. »Ihr habt's gehört – Lord Superhirn erteilt das Kommando zum Aufbruch.«
Bob straffte sich. »Okay, dann trennen sich nun also unsere Wege. Und was habt ihr so vor, während ich in der Bibliothek abtauche?«
»Auch wir werden natürlich nicht untätig sein«, versicherte Justus. »Nach der Befragung des Studenten werden wir uns

einen eingehenden Überblick über Haus und Grundstück verschaffen. Vielleicht entdecken wir bei Tageslicht ja doch noch einige Spuren, die uns in der Nacht entgangen sind. Vor allem vom Garten verspreche ich mir so einiges.«

»Und wenn die Geisterfrau oder der Dämon … noch da draußen sind?«, fragte Luke beunruhigt.

Der Erste Detektiv lächelte zwinkernd. »Das würde die ganze Sache ungemein vereinfachen – dann könnten wir die beiden direkt nach ihren Identitäten befragen.«

Seufzend verdrehte Peter die Augen. »Monster-Interview im Grünen – klingt ja mal wieder nach einem gemütlichen Wochenende …«

Mister Rotbart und ein handgreifliches Genie

Nachdem Justus, Peter und Luke sich von Bob verabschiedet hatten, begannen die Jungen mit ihrem Rundgang durchs Haus. Dabei begegneten sie auch Mrs Pembroke, die soeben ihr Morgen-Ritual beendet hatte und nun leise flüsternd wieder nach oben ging.

Während Luke sie durch die Räume führte, staunten die Detektive ein ums andere Mal über die verschwenderische Pracht der Vergangenheit, die sie von allen Seiten umgab. Ein mit Drachenköpfen verzierter Kronleuchter hatte Peter so in seinen Bann gezogen, dass er gar nicht bemerkte, wie weit Luke und Justus bereits entfernt waren. Als er wieder zu ihnen stieß, standen sie gerade vor dem Wandteppich mit dem weißen Vogel.

»Und was ist mit dieser Schmucksäule zwischen dem Gemälde und dem Wandteppich?«, fragte der Erste Detektiv interessiert. »Davon gibt es im Flur ja nur diese eine.«

»Soweit ich weiß, stand darauf früher mal eine Skulptur oder etwas Ähnliches, das irgendwie zu dem Teppich und dem Bild dazugehörte«, erklärte Luke. »Aber mehr weiß ich darüber auch nicht.« Er wandte sich um und blickte zum anderen Ende des Flurs. »So, bis auf Ruperts Zimmer sind wir mit dem Erdgeschoss durch. Dann schlage ich vor, dass wir jetzt zu Earl in den zweiten Stock gehen.«

In der ersten Etage wollte Justus zunächst einen kurzen Kontrollblick auf die Mini-Kamera werfen, erlebte jedoch eine böse Überraschung. An dem Bilderrahmen hingen nur noch zwei klägliche Drahtreste der Befestigung. Die Kamera selbst war verschwunden.

»Ziemlich wählerisch, dieser Dämon«, kommentierte Peter mit finsterer Miene. »Bricht ins Haus ein und stiehlt nichts außer unserer Überwachungskamera ...«

»Da muss ich dich korrigieren, Zweiter«, gab Justus zurück. »Direkt im Anschluss an die Attacke auf dich kann der Harpunier die Kamera nicht mitgenommen haben. Die Übertragung funktionierte noch einwandfrei, während ich den Rest der Nacht Wache hielt. Nach dem Frühstück habe ich allerdings nicht mehr auf den Monitor geschaut. Daher nehme ich an, dass die Kamera entfernt wurde, während wir im Salon das Essen eingenommen haben.«

Luke seufzte missmutig. »Als Täter könnte also jeder unserer Verdächtigen infrage kommen ...«

Währenddessen hatte der Dritte Detektiv in der Stadtbibliothek von Rocky Beach bereits einen ersten Erfolg erzielt und das seltsame Wort entschlüsselt, das Mrs Pembroke benutzt hatte. Auch zu den Kreide-Symbolen hatte er einige Informationen gefunden; allerdings brachten ihn die Ergebnisse keinen Schritt weiter. So blieb ihm nichts anderes übrig, als sich dem nächsten Punkt auf seiner Liste zuzuwenden – der Suche nach Aufzeichnungen zur Geschichte des Pembroke-Hauses. Da im Internet keinerlei Einträge zu diesem Thema zu finden waren, würde er auch hier auf die altmodische Recherche-Methode zurückgreifen und sich durch Chroniken, Jahrbücher und historische Textsammlungen ackern müssen. Per Stichwortsuche am Bibliotheks-PC grenzte er die Titelauswahl zunächst ein und suchte sich dann eine erste Handvoll Bücher heraus, die er anschließend auf einem kleinen Tisch in einer Sitznische vor sich ausbreitete.

»So, Captain Bücherwurm – dann zeig mal, was du draufhast!«, spornte er sich mit einem Schmunzeln an.

Nachdem er die ersten Kapitel der vor ihm liegenden Chronik überflogen hatte, stutzte er plötzlich. Er war sich sicher, ganz in der Nähe ein unterdrücktes Niesen gehört zu haben. Argwöhnisch schaute er sich um; in den Gängen zwischen den Regalen war jedoch niemand zu sehen. Da strahlendes Sommerwetter herrschte, hatte es außer Bob nur wenige andere Besucher in die Bibliothek verschlagen. Stirnrunzelnd wandte er sich wieder seiner Ablage zu – und blickte unvermittelt in das bärtige Gesicht eines Fremden.

»Du meine Güte, haben Sie mich erschreckt!«

»Verzeihung, das war nicht meine Absicht.« Der gedrungene Mann im beigefarbenen Leinenanzug hob entschuldigend die Hand. Wegen des dichten rotbraunen Vollbarts, der nahezu sein gesamtes Gesicht ausfüllte, fiel es schwer, das Alter des Mannes zu schätzen. Sein abgetragener Anzug war mindestens eine Nummer zu groß und ziemlich zerknittert. In überraschendem Gegensatz dazu standen die eleganten Lederstiefel, deren hohe Absätze wohl dazu dienen sollten, über die geringe Körpergröße des Bärtigen hinwegzutäuschen.

»Mein Name ist Hastings, ich arbeite seit Kurzem hier«, erklärte der Mann und fixierte dabei unverhohlen die Bücher auf dem Tisch, »und die Bibliotheksleiterin bat mich, dich zu fragen, ob ich irgendwie behilflich sein kann.«

Der Dritte Detektiv spürte von der ersten Sekunde an, dass an diesem Hastings etwas faul war. Um einen Sichtschutz zu bilden, lehnte er sich lässig an die Tischkante und verdeckte dabei mit seinen seitlich abstützenden Armen wie beiläufig die ausgebreiteten Bücher.

»Das ist wirklich nett von Miss Chalmers«, erwiderte er höflich und wartete kurz, ob der Mann ihn korrigieren würde. Der Bärtige zeigte jedoch keine Reaktion. »Aber im Moment brauche ich nichts weiter, vielen Dank. Ich stöbere hier nur ein wenig für eine Hausaufgabe.«

»Ein fleißiger Schüler – löblich, löblich«, erwiderte Mr Hastings mit angestrengtem Lächeln, das unter dem mächtigen Bart allerdings nur zu erahnen war. »Ähm, und darf ich fragen, an welchem Projekt du gerade arbeitest? Ich … war früher nämlich Lehrer in Santa Monica und interessiere mich sehr für die heutigen Unterrichtsinhalte.«

So siehst du aus, dachte Bob belustigt. Breit lächelnd nickte er. »Zurzeit sitze ich an einer Biologie-Arbeit über die hiesige Fischwelt, mit Schwerpunkt auf *Haien*.«

Ein kurzes Zucken schoss durch die Augenlider des Bärtigen, dann entspannten sich seine Gesichtszüge wieder.
»Was für ein spannendes Thema«, erwiderte er fröhlich. »In meiner Schulzeit haben wir mal an einem ähnlichen Projekt gearbeitet, das war einfach großartig. Es geht doch nichts über die Wunder der Natur.« Unvermittelt verdunkelte sich die Miene des Mannes. »Leider hat es damals ein übereifriger Freund von mir übertrieben. Er hatte keine Lust, nur Bücher zu lesen, sondern wollte unbedingt direkt vor Ort forschen. Er ist weit aufs Meer rausgeschwommen und dann …«
Verunsichert stutzte Bob. »Was … ist mit ihm passiert?«
Der Mann seufzte laut und ließ den Blick sinken. Die Schatten der Vergangenheit schienen schwer auf ihm zu lasten. Dann beugte er sich plötzlich zum Gesicht des entgeisterten Dritten Detektivs vor, so nahe, dass die struppigen Barthaare unangenehm an dessen Wange kratzten. Bob nahm einen stechenden, süßlich-scharfen Geruch wahr, der den Bärtigen wie eine unsichtbare Wolke umgab. Die Stimme des Mannes war jetzt nur noch ein Zischen.
»Der Arme fand, was er gesucht hatte, und kam nie wieder zurück …«
Eine gefühlte Ewigkeit verharrte er so. Dann, als wäre nichts gewesen, wippte er wieder zurück, zupfte sein Jackett zurecht und tippte sich zum Abschied an die Stirn.
»Dann noch viel Spaß mit deiner Biologie-Arbeit!«
Lächelnd drehte er sich um und ging mit federnden Schritten davon. Vollkommen verwirrt starrte Bob ihm nach.

Inzwischen befanden sich Justus, Peter und Luke im Gästezimmer. Sie wollten überprüfen, ob jetzt bei Tageslicht vielleicht irgendwelche Spuren am oder unter dem geöffneten Fenster zu erkennen waren. Doch bis auf eine kleine Schleifspur am Rahmen war weder am Fenster noch am darunterliegenden Dach der Veranda etwas Auffälliges zu erkennen. Als sie den Raum gerade wieder verlassen wollten, fiel Peters Blick auf mehrere große Papierrollen, die aufrecht in einem hohen Bastkorb standen.

»So ähnlich lagere ich meine Filmposter auch«, stellte er schmunzelnd fest. »Darf ich da mal reinschauen?«

»Klar«, sagte Luke. »Mit Film hat das aber bestimmt nichts zu tun, wahrscheinlich sind das Kunstdrucke oder so etwas.«

Behutsam zog der Zweite Detektiv eine der Rollen aus dem Korb und breitete sie auf dem Gästebett aus. Zum Vorschein kam ein offensichtlich sehr altes Plakat, auf dem das Schwarz-Weiß-Foto einer schlanken, dunkel gekleideten Frau mittleren Alters zu sehen war. Vor allem das buschige blonde Haar und ihr intensiver, beinahe stechender Blick fielen sofort ins Auge.

Laut las Peter den in verschnörkelten Buchstaben gedruckten Text vor. »Erleben Sie Mina Crandon, Botschafterin im Reich der Geister.« Irritiert hob er den Kopf. »Das ist Werbung für eine spiritistische Sitzung …«

»Nicht für irgendeine«, korrigierte Justus. »Wenn ich mich nicht täusche, war Mina Crandon eine der bekanntesten Geisterbeschwörerinnen Amerikas, die vor allem wegen ihres Streits mit dem legendären Magier Houdini bekannt wurde. Dazu passen auch Ort und Datum, die jemand mit Bleistift unten an den Rand geschrieben hat: Boston, 1923.«

Luke nickte. »Jetzt fällt mir auch ein, woher ich den Namen kenne. Tante Gwen hat mal erzählt, dass ihre Großeltern glühende Verehrer von Mina Crandon waren. Dieser Geisterkram war damals wohl ziemlich in Mode.«

»In der Tat«, gab der Erste Detektiv zurück, während er nachdenklich zwei ähnliche Plakate entrollte. Auf dem einen sah es so aus, als würden drei weiße Kraniche mit ausgebreiteten Schwingen über Mina Crandons Kopf schweben. »Die Trinität der Geist-Vögel« stand in altmodischer Schrift unter der Illustration.

»Hat deine Tante denn ebenfalls eine Schwäche für Übersinnliches?«, fragte Peter.

»Absolut nicht«, erwiderte Luke. »Sie hat sich mehrmals über diesen Spleen ihrer Großeltern lustig gemacht. Mit all diesem Hokuspokus hatte sie nie etwas am Hut.«

»Also würde dieses Thema auch nicht dafür taugen, irgendwelche Ängste bei Mrs Pembroke zu schüren«, folgerte Justus. »Einen Zusammenhang zwischen dieser Bostoner Totenbeschwörerin aus dem frühen 20. Jahrhundert und unserem höchst lebendigen Hai-Harpunier hier in Kalifornien können wir somit wohl ausschließen. Eine interessante familienbiografische Fußnote ist es aber allemal.«

Zurück im Flur, wollten sich die Jungen endlich dem Schrank zuwenden, da näherten sich von unten plötzlich Schritte.
»Rupert!«, entfuhr es Luke mit gepresster Stimme.
»Okay, Kommando zurück!«, flüsterte Justus. »Wir wechseln jetzt ganz ruhig und harmlos zum zweiten Stock über. Luke, du erzählst uns währenddessen irgendetwas rasend Interessantes über die Bilder hier im Flur, während Peter und ich uns fleißig Notizen machen. Abmarsch!«
Justus' Plan funktionierte reibungslos. Rupert, der sich offenbar auf einem Kontrollgang befand, musterte die Jungen im Vorbeigehen zwar misstrauisch, sagte jedoch kein Wort.
In der zweiten Etage angekommen, fiel der Blick der Detektive zunächst auf einen blauen Zettel an einer mächtigen Eichenholztür: GENIUS AT WORK.
»An mangelndem Selbstvertrauen leidet dieser Earl auf jeden Fall nicht«, kommentierte Peter spöttisch.
Zunächst horchte Luke kurz, dann klopfte er zaghaft. Wenige Sekunden später öffnete sich die Tür, allerdings nur einen kleinen Spalt, in dem nun das argwöhnische Gesicht des Studenten erschien. Er zischte lediglich ein einziges Wort, in dem sich Genervtheit und Herablassung spiegelten.
»Was??«
Überrascht musste sich Peter eingestehen, dass er sich diesen Earl vollkommen anders vorgestellt hatte. Eigentlich hatte er einen klischeemäßigen Computer-Nerd mit schräger Frisur, ungesunder Hautfarbe und dicker Brille erwartet. Statt-

dessen erblickte er das gebräunte Gesicht eines Sonnyboys mit schulterlangen blonden Haaren und tiefblauen Augen, die den verunsicherten Jungen vor seiner Tür durchdringend fixierten. Die beiden etwas abseits stehenden Detektive hatte Earl offenbar noch nicht bemerkt.

»Ich … äh … ich wollte nicht stören«, erklärte Luke kleinlaut. »Meine Freunde möchten nur mal kurz –«

Doch weiter kam er nicht, denn in diesem Moment riss der Student die Tür auf, blickte sich hektisch um und packte den völlig verdatterten Justus am Kragen.

»Ich wusste es doch!«, fauchte er wutentbrannt, aber gedämpft genug, um unten kein Aufsehen zu erregen. »Diese schmierige Hyäne Barnsworth schickt euch, um zu spionieren, stimmt's?! Aber daraus wird nichts, Speckballon! Hast du gehört? Daraus wird nichts!«

Auch Peter hatte diese Attacke überrumpelt, doch nun sprang er heran und packte Earl an der Schulter. Erst jetzt stellte er fest, dass der junge Mann genauso groß war wie er selbst und einen blauen Overall trug.

»Lass ihn sofort los!«

Mit erstaunlicher Leichtigkeit löste sich der sportliche Student aus dem Griff des Zweiten Detektivs und hielt ihm drohend einen Zeigefinger vor die Nase.

»Richtet Barnsworth aus, dass er die Parameter für die T-86-Konstante niemals in die Hände bekommen wird! Das ist *mein* Projekt und ich allein werde damit den Durchbruch erreichen!«

»Da muss es sich um ein bedauerliches Missverständnis handeln«, versuchte Justus zu beschwichtigen. »Wir sind Schüler aus Rocky Beach und –«

Doch Earl hörte gar nicht mehr zu. Wutschnaubend stapfte der Student ins Zimmer zurück, schloss die Tür und drehte deutlich hörbar mehrfach einen Schlüssel herum.

Trotz des Wirbels war es dem Ersten Detektiv gelungen, einen kurzen Blick ins Innere des Raums zu werfen, als Earl von ihm abgelassen hatte. Neben diversen fremdartig aussehenden technischen Apparaturen, Röhren und Kabeln war ihm dabei besonders ein Möbelstück auf der gegenüberliegenden Zimmerseite ins Auge gefallen: ein mächtiger Schrank mit nahezu demselben Aussehen wie das des Flurschranks im ersten Stock. Die linke Tür hatte leicht offen gestanden. Doch statt Kleidungsstücken waren im dunklen Inneren lediglich zwei längliche Griffe zu erkennen gewesen. Ihre Umrisse hatte Justus im Schatten des Schranks nur sehr undeutlich sehen können und doch hatten sie in ihm sofort Assoziationen an ein nach unten führendes Geländer geweckt …

Der Kleiderschrank

Nach dem kuriosen Vorfall mit Earl zogen sich Justus, Peter und Luke zunächst zum Aufgang des ersten Stocks zurück, wo der Erste Detektiv von seiner aufregenden Entdeckung berichtete. Natürlich wollten sie nun endlich den verschlossenen Kleiderschrank kontrollieren. Um diesmal eine längere Vorwarnzeit zu haben, blieb Luke am Fluranfang stehen. Sollte er feststellen, dass Rupert sich der Treppe näherte, würde er sofort Bescheid geben.

Gespannt musterten Justus und Peter den riesigen Schrank. »Wenn in Earls Kleiderschrank wirklich ein Geheimgang beginnt, dann wette ich, dass hier einer seiner Ausgänge ist«, erklärte Justus mit gedämpfter Stimme, um Mrs Pembroke nicht zu stören.

»Na, dann wollen wir dem guten Stück mal auf den Grund gehen«, murmelte Peter konzentriert, während er sein Dietrich-Set hervorholte und sich am Schloss zu schaffen machte. Schon nach wenigen Sekunden zeigte ein leises Knacken an, dass er es geschafft hatte. Behutsam öffnete er die ausladenden Schranktüren und flüsterte: »Sesam, öffne dich …«

Neugierig betrachtete Justus das Türschloss. »Wie ich es mir dachte – dieses Schloss lässt sich von *beiden* Seiten öffnen.«

»Was bei einem normalen Kleiderschrank vollkommen sinnlos wäre«, ergänzte Peter aufgeregt.
Im Inneren hingen mehrere Damenjacken sorgsam aufgereiht an Kleiderbügeln. Vorsichtig schob Justus einige davon beiseite und tastete die Rückwand des Schrankes ab.
»Bingo!«, hauchte er, als er schließlich einen kleinen Knauf fand, den er sacht herumdrehte. Mit leisem Knarren schwang die Wand nach hinten und gab den Blick auf einen senkrechten Schacht frei. Flankiert von zwei robusten Griffleisten führten schmale Metallsprossen nach oben und unten in die Dunkelheit.
Ein triumphierendes Lächeln huschte über Justus' Gesicht. »Da haben wir also den Geheimgang!«
»Lass mich auch mal sehen«, forderte Peter und schob sich neben ihn. Staunend betrachtete er den gut getarnten Mechanismus der Geheimtür. »Wie bei unserem Kalten Tor, nur in etwas edlerer Verpackung.«
Neugierig betrachtete Justus einige großflächige Rußspuren an den geziegelten Innenwänden. »Das dürfte früher mal der Abzugsschacht eines Kamins gewesen sein.«
»Ganz bestimmt sogar!«, erwiderte Peter aufgeregt. »Luke hat uns doch den riesigen Kamin unten im Salon gezeigt!«
Nickend verzog der Erste Detektiv die Mundwinkel. »Ja, ich entsinne mich sehr lebhaft. Du erlaubtest dir die freundliche Bemerkung, der Kamin sei dermaßen groß, dass man darin sogar mich problemlos am Spieß braten könnte.«
»Genau! Aber seitdem das Haus in den Sechzigern ein modernes Heizungssystem bekam, wird das Riesending nicht

mehr benutzt. Momentan steht ja eine Zierkommode drin. Eine ideale Tarnung für einen geheimen Zugang!«

»Nun, dann schlage ich vor, die Theorie Gewissheit werden zu lassen.« Justus machte eine auffordernde Handbewegung in Richtung Schacht.

»Ich soll … da runterklettern?«, fragte Peter irritiert.

»Erst hoch, dann runter, ja. Wir müssen sichergehen, dass es sich hier tatsächlich um eine Verbindung zwischen Earls Zimmer und den darunterliegenden Etagen handelt.«

»Verstehe«, murrte der Zweite Detektiv. »Und bei diesem spannenden Erkenntnisgewinn willst du mir natürlich ganz selbstlos den Vortritt lassen.«

Justus grinste. »Alles andere wäre ja zutiefst unhöflich.«

Mit einem genervten Seufzer stieg Peter in den Schacht hinein und kletterte leise nach oben. Schon bevor er am Ende der Stiege ankam, erkannte er an einem matten Lichtschimmer, wo sich die nur angelehnte Geheimklappe befand. Vorsichtig linste er durch den Spalt. Tatsächlich – der Zugang führte ins Innere eines großen Schranks, dessen Tür leicht offen stand. Es handelte sich eindeutig um die Wohnung des Studenten. Die fremdartigen Instrumente, Kabel und Bedienpulte sahen genauso aus, wie Justus sie beschrieben hatte. Doch das war nicht das Einzige, was der Zweite Detektiv erspähte. Auf der gegenüberliegenden Zimmerseite entdeckte er, aufgehängt an einem Wandhaken, einen langen, schwarzen Mantel …

Nachdem Peter sich vergewissert hatte, dass der Geheimschacht tatsächlich im Kamin des großen Salons endete, kletterte er in den ersten Stock zurück. Er verteilte die Jacken wieder gleichmäßig auf der Kleiderstange, um keinen Verdacht zu erregen, verschloss den Schrank hinter sich und ging gemeinsam mit Justus zu Luke.

»Ihr habt also wirklich einen Geheimgang gefunden?«, fragte der Junge aufgeregt.

»Wohl eher einen geheimen Schornstein«, erwiderte Justus lächelnd und erzählte von ihrer spektakulären Entdeckung.

Ungläubig blickte Luke vom Ersten zum Zweiten Detektiv. »Dann … ist Earl also der Dämon?«

»Für ein abschließendes Urteil ist es noch deutlich zu früh, aber die jetzige Sachlage deutet zumindest stark darauf hin«, entgegnete Justus. »Das erklärt jedoch nicht das offene Fenster im Gästezimmer. Da wir von oben keine Spuren erkennen konnten, sollten wir nun von draußen die direkte Umgebung der Veranda begutachten.«

Kaum zwei Minuten später standen die Jungen vor dem Haus und untersuchten das umliegende, völlig vertrocknete Blumenbeet. Die kalifornische Sommersonne stand mittlerweile hoch am stahlblauen Himmel und machte ihrem Namen alle Ehre. Der leichte Seewind vermochte die stetig stärker werdende Hitze kaum abzumildern, da er nahezu vollständig von den übermannshohen Gartenhecken verschluckt wurde. Grummelnd wischte sich Justus über die schweißnasse Stirn.

»Hm … von der Feuchtigkeit des Regens vor fünf Tagen ist nichts mehr übrig geblieben. Der Boden ist steinhart und staubtrocken, aber hier …«, er deutete mit einem kleinen Stock auf eine Vertiefung, »… ist zumindest der Umriss eines Fußabdrucks zu erkennen, und zwar eines erstaunlich großen.«

Neugierig beugten sich Peter und Luke vor.

»Der dazugehörende Fuß dürfte an die vierzig Zentimeter lang sein«, fuhr Justus fort. »Und sein Besitzer muss enorm schwer gewesen sein, so tief, wie der sich eingedrückt hat.«

»Ein echter King Kong«, murmelte Peter angespannt. »Dann scheidet Earl also doch aus?«

»Nicht zwangsläufig. Immerhin wäre es möglich, dass er sich übergroße Schuhe angezogen und irgendwelche Gewichte am Körper getragen hat, um ganz bewusst eine so ›monströse‹ Spur zu hinterlassen. Rein theoretisch gilt das natürlich auch für den Butler, aber der dürren Bohnenstange traue ich nicht die körperliche Kraft zu, mit einer so enorm schweren Verkleidung durch Gärten und Flure zu rennen.«

»Das leuchtet ein«, stimmte Luke zu.

Mit krauser Stirn blickte Justus zum Veranda-Dach hinauf. »Die Spur im Beet und das leicht abgesplitterte Holz dort an der Strebe deuten darauf hin, dass unser Harpunier tatsächlich den Außenweg über das Fenster genommen hat.«

Verwirrt schaute Peter ihn an. »Aber … wenn Earl der Dämon ist, warum sollte er dann mühsam hier raufkraxeln? Er kann doch problemlos aus dem Geheimschacht auftauchen und hinterher wieder darin verschwinden.«

»Das ist in der Tat ziemlich befremdlich«, gab Justus zu. »Möglicherweise ist er ja gar nicht rauf-, sondern nur *runter*geklettert, weil er nicht mehr genügend Zeit hatte, um zum Schrank zu kommen, als wir zu dir hochgerannt sind. Vielleicht musste er deshalb improvisieren und ist durch das Gästezimmerfenster geflohen.« Er atmete tief ein. »Aber jetzt sollten wir uns dem See zuwenden. Wenn wir Glück haben, finden wir da einen weiteren Fußabdruck, auf den ich gestern gestoßen bin.«

Justus' Hoffnung erfüllte sich nicht. Der Abdruck, den er in der vergangenen Nacht am Seeufer entdeckt hatte, war verschwunden. Auch auf dem übrigen Grundstück konnten die Jungen keine weiteren brauchbaren Spuren finden. Der einzige Treffer gelang Luke, als er im hohen Gras zufällig auf Justus' verlorene Taschenlampe trat, die sogar noch funktionierte.

Nach schier endlos scheinender Suche in der windstillen Gluthitze des Gartens war der Gong zum Mittagessen eine regelrechte Erlösung. Im Vergleich zum Menü des Vorabends waren die Käse-Makkaroni überraschend schlicht, schmeckten jedoch ausgezeichnet. Mrs Pembroke aß wie üblich auf ihrem Zimmer; Rupert hatte diesmal einfach die Schüssel mit den Nudeln auf den Tisch gestellt und war verschwunden. Gierig langten Justus, Peter und Luke zu, während sie beratschlagten, wie sie weiter vorgehen sollten.

»Was ich bisher ganz vergessen hatte zu fragen«, wandte sich der Erste Detektiv an Luke, während er genussvoll an seinem eisgekühlten Orangensaft nippte, »was ist eigentlich mit der Nachbarschaft? Im Osten ist uns auf der Fahrt hierher nur ein weiteres Haus aufgefallen, das wir aber wegen der großen Entfernung vorläufig vernachlässigen können. Wie sieht es denn im weiteren Verlauf der Küstenstraße aus?«
»Etwa zweihundert Meter westlich wohnt das Ehepaar Walcott«, erwiderte Luke. »Früher hatte Tante Gwen mit den beiden häufig Kontakt; man hat sich gegenseitig zum Essen oder zu gelegentlichen Gartenpartys eingeladen, aber inzwischen nicht mehr.«
»Du meinst, seit deine Tante sich verändert hat?«, fragte Peter und gab sich eine weitere Kelle Makkaroni auf.
»Nein, ich glaube, das war schon vorher. Wegen irgendeiner Sache muss es wohl Streit gegeben haben, aber ich weiß nicht, warum.«
»Ein weiterer Punkt also, dem es auf den Grund zu gehen gilt«, stellte Justus nachdenklich fest. »Das werde ich dann mal übernehmen. Gegenüber Luke könnten die Walcotts befangen sein. Ich dagegen kann mich als Praktikant der *Rocky Beach Today* ausgeben und sagen, dass ich für einen Artikel über Nachbarschaftsgeschichten recherchiere. Mal sehen, was ich herausbekommen kann.«
Der Zweite Detektiv nickte. »Guter Plan. Und was machen Luke und ich in der Zwischenzeit?«
»Da ihr nun ja frisch gestärkt seid, schlage ich vor, dass ihr

eine kleine Exkursion zum Strand unternehmt.« Justus deutete zum Fenster. »Von der Nordseite des Gartens aus führt ja ein befestigter Weg zum Meer hinunter. Wenn der Hai-Zombie wirklich dem Pazifik entstiegen ist, hat er ja vielleicht dort irgendwelche Spuren hinterlassen.«

Unruhig drehte Luke sein leeres Glas in den Händen. »Und was ist, wenn … das Monster plötzlich auftaucht?«

Lächelnd knuffte Justus Peter in die Schulter. »Mach dir keine Sorgen – unser Zweiter hat reichlich Erfahrung mit Ungeheuern aller Art. Er weiß dann schon, was zu tun ist.«

»Und ob ich das weiß«, entgegnete Peter mit angesäuerter Miene. »In solchen Fällen kommt augenblicklich die bewährte Strategie des Vollsprints zum Einsatz …«

Viele Fragen und eine letzte Warnung

Nach dem kurzen Moment der Entgeisterung hatte sich Bob wieder gefangen und sah sich nun vor zwei Möglichkeiten gestellt: Entweder er folgte dem rätselhaften Mister Rotbart, um herauszufinden, wohin er ging, oder er blieb an seinem Platz, um die Bücher nicht aus den Augen zu lassen. Immerhin wäre es ja möglich, dass es sich hier um ein Ablenkungsmanöver handelte, um den Dritten Detektiv von seinen Recherche-Ergebnissen wegzulocken.

Schließlich gewann seine brennende Neugier die Oberhand. Mit zwei schwungvollen Bewegungen beförderte er die neun Bücher ins nächststehende Regal, sodass sie notdürftig getarnt waren, und lief los. Miss Bennett zog angesichts seines Tempos zwar missbilligend die Augenbrauen hoch, doch da sie Bob und die drei ??? gut kannte, wusste sie, dass es einen triftigen Grund geben musste, wenn er sich über die Regeln der Hausordnung hinwegsetzte.

Draußen angekommen, blickte sich Bob hastig nach allen Seiten um, doch von dem Bärtigen war weit und breit nichts zu sehen. Vermutlich war er in einen Wagen gestiegen und bereits außer Sichtweite. Zögernd ging der Dritte Detektiv noch einige Schritte in die eine und danach in die andere Richtung die Straße hinunter, um nach jedem auch noch so unscheinbaren Detail Ausschau zu halten.

Plötzlich entdeckte er einen Hotdog-Verkäufer, der mit seinem mobilen Stand mehr oder weniger erfolglos auf Kundenfang war. Angesichts der Bruthitze stand den meisten Passanten der Sinn wohl eher nach Eis als nach heißen Würstchen. Bob dagegen, der erst jetzt bemerkte, dass es bereits Mittagszeit war, spürte nun deutlich, wie sich sein Magen meldete. Er beschloss, sich eine kleine Verpflegungspause zu gönnen und dies mit einer Erkundigung zu verbinden. Er ahnte nicht, dass er von einer kaum zehn Meter entfernten Häuserecke aus aufmerksam beobachtet wurde.

In der Zwischenzeit stand Justus mit seinem Schreibblock vor dem Eingang des Walcott-Hauses und betätigte die Klingel. Als sich die Tür öffnete, schoss ihm sofort Peters Vergleich mit King Kong durch den Kopf. Der Mann, der vor ihm stand, füllte fast den gesamten Türrahmen aus. Der baumlange, etwa fünfzigjährige Hüne mit raspelkurzen Haaren und ausrasiertem Nacken trug blaue Jogginghosen und ein ärmelloses, olivgrünes Hemd, das seine oberschenkeldicken Arme eindrucksvoll zur Geltung brachte.

Bevor er etwas sagen konnte, erschallte eine energische Stimme. »Ist das schon wieder die Vogelfrau?«

Im Hintergrund erschien nun eine hagere Frau in einem hellen Kittelkleid, deren zerzauste graue Haare Justus unwillkürlich an Mrs Pembroke denken ließen. Bei einem Blick auf ihre freien Knie fiel ihm auf, dass sie rau und zerkratzt waren. Vielleicht wegen nächtlichen Kriechens durch einen fremden Garten?

»Nein, nur ein pummeliger Junge«, rief der Mann und wandte sich wieder dem Besucher zu. »Was willst du?«

»Mein Name ist Justus Jonas, guten Tag. Ich bin Praktikant bei der *Rocky Beach Today* und schreibe an einem Artikel über interessante Nachbarschaftsgeschichten. Vielleicht –«

»Nachbarschaft?«, polterte der Goliath los. »Ich erzähl dir was von Nachbarschaft – es ist eine Unverschämtheit, was Gwendolyn da abziehen will!«

Überrascht trat Justus einen halben Schritt zurück. »Äh, und könnten Sie das vielleicht etwas näher erläutern?«

»Und ob ich das kann! Die durchgeknallte Alte will bald regelmäßig Sommerfeste für schwer erziehbare Kinder veranstalten! Was aus unserer schönen Wohngegend wird, kann man sich ja vorstellen – dann wimmelt's hier nur noch von kriminellem Pack! Diebe, Kiffer, Schläger, das volle Programm! Und der brave Bürger soll das einfach so hinnehmen und die Schnauze halten – aber nicht mit mir!«

Der Erste Detektiv hob zögernd die Hand, um Mr Walcotts Redeschwall kurz zu unterbrechen. »Wann hat Mrs Pembroke Ihnen denn vom Plan mit diesen Sommerfesten erzählt?«

»Vor ein paar Wochen, ganz beiläufig bei einem gemeinsamen Abendessen.« Der Hüne ruderte wild mit seinen mächtigen Händen in der Luft herum. »Das muss man sich mal vorstellen: Da sitzt man gemütlich bei Steak und Ofenkartoffeln zusammen und dann haut sie diese Info raus, als wenn's nur um ihre neue Frisur ginge! Aber die wird sich noch ganz schön wundern, die durchlauchtige Mrs

Pembroke, das kann ich dir versprechen!« Irritiert hielt der Mann inne. »Sag mal – willst du überhaupt nicht mitschreiben?«
Erst jetzt bemerkte Justus, dass ihn die Neuigkeiten so verblüfft hatten, dass er noch kein einziges Wort notiert hatte.
»Doch, natürlich …« Hektisch zog er einen Kugelschreiber aus seiner Hosentasche, wobei sich jedoch eine seiner Visitenkarten am Clip des Stifts verklemmte. Prompt fiel die Karte zu Boden – direkt vor die Füße von Mr Walcott. Bevor Justus reagieren konnte, hatte sich der Mann schon mit argwöhnischer Miene hinabgebeugt und sie aufgehoben.
Man konnte die plötzlich herrschende Spannung regelrecht in der Luft spüren, während das fleischige Gesicht des Kolosses allmählich einen tiefroten Farbton annahm.
»Detektive …«, hauchte er mit bebenden Lippen, bevor er nahtlos zum Brüllen überging. »Du bist ein *Detektiv*?!«
»Das … kann ich erklären«, erwiderte Justus kleinlaut, obwohl er wusste, dass es nichts mehr bringen würde.
»Da gibt's nix zu erklären!«, schrie Mr Walcott. »Die alte Pembroke schickt dich, um uns auszuhorchen – aber das werde ich dir schön austreiben, du kleine Mistkröte!«
Mit seinen riesigen Pranken versuchte der Mann, den Ersten Detektiv am Kragen zu packen, doch Justus duckte sich im letzten Moment zur Seite und ergriff die Flucht. Drohend reckte Mr Walcott die Faust gen Himmel.
»Lass dich ja nicht noch einmal hier blicken oder du lernst mich kennen!«

Nach etwa hundert Metern wagte es der Erste Detektiv endlich, stehen zu bleiben. Völlig außer Atem stützte er sich auf seinen Oberschenkeln ab.
»Unglaublich«, murmelte er schnaufend zu sich selbst und wischte sich über die glühende Stirn. »Heute muss wohl der Justus-kriegt-was-auf-die-Rübe-Tag sein. Zu blöd, dass ich nicht auf den Kalender geschaut habe …«

Freundlich lächelnd trat Bob auf den korpulenten Mittvierziger mit Baseballkappe zu, der jeden Millimeter Schatten des über ihm ausgespannten Mini-Baldachins nutzte, um der stechenden Sonne zu entgehen.
»Guten Tag, ich hätte gern einen Hotdog mit Relish, Chili und viel Gurken, bitte. Und dazu eine Cola.«
»Sehr gern, junger Mann.« Strahlend machte sich der Verkäufer an die Arbeit. Die Freude über die unverhoffte Kundschaft war ihm deutlich anzusehen.
Während der Dritte Detektiv seine Geldbörse hervorholte, deutete er zur Bücherei hinüber. »Ach, haben Sie gerade zufällig einen Mann aus der Bibliothek rausgehen sehen? Klein, beiger Anzug, roter Vollbart?«
»Du meinst Yosemite Sam?«, fragte der Mann belustigt. Erst jetzt wurde Bob bewusst, dass der Fremde tatsächlich eine gewisse Ähnlichkeit mit dem berühmten rotbärtigen Zeichentrick-Cowboy hatte.
»Genau der! Er hat seine Sonnenbrille vergessen. Haben Sie gesehen, wohin er gegangen ist?«
»Ja, hab ich«, erwiderte der Verkäufer, doch sein Gesichts-

ausdruck wirkte nicht sehr zuversichtlich. »Das wird dir nur leider nicht viel bringen – er ist nämlich gleich in ein parkendes Auto gestiegen und abgebraust. Ein silbergrauer Cadillac Escalade. Das war mir aufgefallen, weil diese große Nobelkarre überhaupt nicht zu dem kleinen Typen passte.«

Zu dem Typen vielleicht nicht, aber zu seinen Schuhen, dachte der Dritte Detektiv und nahm den Hotdog entgegen.

»Sie haben nicht zufällig darauf geachtet, in welche Richtung er gefahren ist?«

Bedauernd schüttelte der Mann den Kopf. »Tut mir leid.« Stirnrunzelnd kratzte er sich am Kopf. »Aber mir fällt da gerade eine andere Sache ein, die mir seltsam vorkam: Der Kerl hatte eine komplette Wintersport-Ausrüstung dabei.«

»Eine … Wintersport-Ausrüstung?«, fragte Bob verwirrt.

»Glaub ich zumindest«, bestätigte der Verkäufer. »Da ragten mehrere Stangen über die Rücksitze, die von Weitem so aussahen wie Skistöcke, und irgendwelche länglichen Kufen.«

Oder altmodische Walfang-Harpunen …, ergänzte der Dritte Detektiv in Gedanken den Satz und ging mit einem unguten Gefühl in die Bibliothek zurück.

Zurück auf dem Pembroke-Anwesen, ging Justus direkt zum Strand hinunter, wo Peter und Luke gerade dabei waren, ein großes Stück Treibgut zu untersuchen.

Überrascht blickte der Zweite Detektiv auf. »Nanu, schon zurück? Dann war der Ausflug wohl ein Reinfall?«

»Keineswegs«, korrigierte Justus. »Aber davon erzähle ich euch nachher, wenn Bob zurück ist. Und bei euch? Irgendwelche Hinweise auf den Harpunier?«

Peter schüttelte den Kopf. »Weder Fußabdrücke noch –« Er blinzelte überrascht, als er an Justus vorbei zur steinernen Treppe hinüberschaute, die der Erste Detektiv gerade heruntergekommen war. »Was ist das denn?«

Irritiert blickten sich nun auch seine Freunde um.

»Das gibt's doch nicht!«, entfuhr es Justus.

Hastig eilten die Jungen zur Treppe und betrachteten fassungslos ihren Fund. Auf einer der Stufen lag in einer öligen Flüssigkeit der abgerissene, entsetzlich stinkende Kopf eines großen Fischs. Aus seinem Maul ragte ein zerknittertes Stück Papier, auf dem in blutroten Buchstaben zu lesen war:

DAS NÄCHSTE MAL IST ES EIN KOPF VON EUCH!

Entgeistert schaute Peter den Ersten Detektiv an. »Wie konntest du *das* denn übersehen?«

»Glaubst du ernsthaft, ich bin über diese Schweinerei drübergelatscht, ohne es zu merken?«, fuhr ihn Justus verärgert an. »Jemand muss das abgelegt haben, als wir alle mit dem Rücken zur Treppe standen, und durch die laute Brandung haben wir davon nichts mitbekommen. Los – er muss noch ganz in der Nähe sein!«

Atemlos rannten die Jungen die Treppe hinauf und ließen die Blicke über das Grundstück schweifen.

»Da!«, rief Luke und wies zum anderen Ende des Gartens. Vor der Hecke stand der Hai-Dämon und starrte sie aus riesigen Augen an, die Harpune hoch erhoben. In der flirrenden Hitze wirkte der Anblick wie eine schreckliche Fata Morgana. Dann verschwand das Wesen durch das Tor.

»Hinterher!«, kommandierte Justus, doch da hörten sie bereits einen Motor aufheulen. Als sie schließlich die Straße erreichten, war weit und breit nichts zu sehen und auch auf dem Asphalt fanden sich keine brauchbaren Spuren.

Peter schnaubte wütend. »So ein Reinfall!«

»Nicht zur Gänze«, korrigierte Justus. »Immerhin wissen wir jetzt zweierlei: Unser Dämon ist modern motorisiert und er schätzt uns als ernsthaftes Risiko für seine Machenschaften ein. Deshalb der Aufwand mit der gruseligen Drohung.«

Noch immer sichtlich eingeschüchtert verschränkte Luke die Arme vor der Brust. »Also, bei mir hat's gewirkt …«

Der Fluch des Harpuniers

Eine Stunde später traf Bob wieder im Pembroke-Haus ein, wo man ihn bereits in Lukes Zimmer erwartete. Aufgeregt erzählten die Jungen einander von ihren abenteuerlichen Erlebnissen. Zuletzt berichtete Justus von seinem Besuch bei dem Ehepaar Walcott.

»Das klingt ja wirklich so, als hätten wir unseren Dämon und die Geisterfrau gefunden!«, stellte der Zweite Detektiv verblüfft fest. »Und ein Motiv hätten sie auch!«

Justus nickte. »Die Verhinderung eines Verfalls der Nachbarschaft …« Nachdenklich blickte er zu Bob hinüber. »Doch wie passt jetzt dieser Rotbart ins Bild?«

»Keinen Schimmer. Aber er muss mit unserem Fall zu tun haben, sonst hätte er ja nicht versucht, mich von den Nachforschungen abzuschrecken. Inzwischen bin ich mir übrigens sicher, dass er *nicht* rothaarig ist. Mir ist nämlich eingefallen, woher ich diesen stechend scharfen Geruch kenne, den der Typ verströmt hat.«

»Nämlich?«, fragte Justus neugierig.

Grinsend blickte der Dritte Detektiv ihn an. »Ich musste plötzlich an den Fall mit der flüsternden Mumie denken, als du dich in Professor Yarborough verwandelt hast. Das Gesicht von Rotbart roch genauso streng wie dieses Mastix-Zeug, das du damals benutzt hast.«

Luke legte verwundert den Kopf schief. »Mastix?«
»Ein starker Hautkleber, der sich hervorragend dazu eignet, falsche Bärte oder Haarteile zu befestigen«, erklärte Justus. »Wird gerne von Schauspielern und Maskenbildnern verwendet.«
»Dann war der rote Bart also nur Tarnung«, stellte Peter fest.
»Stimmt«, bestätigte Bob. »Und so, wie er sich dabei angestellt hat, muss der Typ ein ziemlicher Anfänger sein. Einem Profi wäre bestimmt nicht der Fehler unterlaufen, zu seinem zerknitterten Billig-Anzug sündhaft teure Designer-Stiefel zu tragen oder in seinem Auto offen Harpunen herumzu–«
»Designer-Stiefel?«, unterbrach ihn der Erste Detektiv aufgeregt. »Schwarze Lederstiefel von Ranconi?«
Verdutzt hielt Bob inne. »Äh, schwarz waren sie, ja. Aber die Marke weiß ich nicht.«
»War auf den Vorderkappen ein stilisiertes R in Form einer silbernen Schlange zu sehen?«, wollte Justus wissen.
»Jetzt, wo du es sagst …« Bob verengte grübelnd die Augen. »Ja, da war ein kleines Schlangen-Logo zu erkennen.«
Luke blickte irritiert zu Justus. »Woher wusstest du das?«
»Gewusst habe ich es nicht, sondern geschlussfolgert. Lance Vaughns Motorrad-Ausrüstung stammte von dem Edel-Designer Ranconi – inklusive der Lederstiefel.«
»Dann steckt der Innenarchitekt also definitiv in der Sache drin!«, stellte Bob fest. »Auch die Stimme würde passen.«
»Unsere Verdächtigen-Liste wird dadurch leider nicht kür-

zer«, erwiderte Justus seufzend. »Und ebenso unklar ist weiterhin, ob es einen übergeordneten Zusammenhang gibt.«
»Das ist mir zwar auch noch nicht klar, doch zumindest …«, mit bedeutungsvoller Miene holte Bob sein Notizbuch hervor, »… kann ich euch nun sagen, was es genau mit unserem Harpunier auf sich hat!«
»Deine Recherche war also erfolgreich?«, fragte Luke enthusiastisch.
»So ist es. Hört zu: Schon vor über hundertzwanzig Jahren bewohnten die Vorfahren von Lukes Tante dieses Haus. Als Familie von Seefahrern waren die Pembrokes seit jeher mit dem Meer verbunden. Auch in der Umgebung drehte sich das Leben der meisten Menschen um den Ozean. Zu ihnen gehörte um das Jahr 1900 auch Leland Horace, ein draufgängerischer Walfänger und herausragender Harpunier, der nur einen Steinwurf von hier entfernt lebte. Laut den Angaben in der Chronik muss das ein Baum von einem Mann gewesen sein, annähernd sieben Fuß groß.«
Peter holte staunend Luft. »Also über zwei Meter …«
»Im Laufe der Jahre hatte sich Horace einen zweifelhaften Ruf als Abenteurer und Schürzenjäger erworben, der kaum einer Prügelei oder Romanze aus dem Wege ging. Eines Tages verbreitete eine junge Frau aus dem Clan der Pembrokes namens Anabelle eine schwerwiegende Anschuldigung: Horace habe ihr auf einem Spaziergang aufgelauert und sich ihr ›auf höchst schändliche Weise‹ genähert.«
»Das ist in der Tat starker Tobak«, murmelte Justus.
»Wegen seines zügellosen Lebenswandels waren die Leute

fest von der Schuld des Harpuniers überzeugt, obwohl Horace alles abstritt«, fuhr Bob fort. »Erst viel später stellte sich heraus, dass es in Wahrheit genau umgekehrt gewesen war: Anabelle hatte ein Auge auf den stattlichen Walfänger geworfen, war jedoch bei ihm abgeblitzt. Ihr Zorn war so groß, dass sie Horace für die verschmähte Liebe bitter büßen lassen wollte. Und ihr bösartiger Plan ging auf. Um die vermeintliche Schmach zu rächen, lockten Anabelles Brüder den Harpunier zwei Tage später in einen Hinterhalt.«

»Was ... haben sie getan?«, fragte Luke beunruhigt.

»Unter dem Vorwand, sich ungestört mit ihm aussprechen zu wollen, machten die Pembroke-Brüder Horace den Vorschlag, sich mit ihren Booten am Teufelskliff zu treffen – eine Felsformation etwa eine Meile von hier. Der unerschrockene Walfänger ließ sich darauf ein und das wurde ihm zum Verhängnis.« Mit ernster Miene blätterte der Dritte Detektiv weiter. »Aufgehetzt vom jüngsten der Brüder, Cedric Pembroke, stürzten sich die vier Männer auf Horace und fesselten ihn mit dicken Tauen. Dann prügelten sie mit den Schäften seiner eigenen Harpunen auf ihn ein, bis er sich nicht mehr rührte, und warfen ihn schließlich über Bord.«

»Schrecklich ...«, murmelte Peter. »Er ist also ertrunken?«

Betreten schüttelte Bob den Kopf. »Schlimmer. Vom Blut angelockt, tauchte plötzlich ein riesiger Hai auf und fiel über den wehrlosen Mann her. In wilder Raserei verbiss sich der Hai in die Taue und riss Horace schließlich in die Tiefe.«

»Solch ein grauenhaftes Ende wünscht man seinem schlimmsten Feind nicht«, stelle der Erste Detektiv betroffen fest. »Ich vermute jedoch, dass die Überlieferung hier noch nicht endet, stimmt's?«

»Das vermutest du richtig«, bestätigte Bob. »Bevor Horace im ›schwarzen Schlund des Meeres‹ verschwand, soll er nämlich einen Fluch gegen seine Peiniger ausgestoßen haben: ›Eines Tages werde ich im Antlitz der Seebestie aus der Dunkelheit zurückkehren und schreckliche Rache über euch bringen! Ich werde euer Licht finden und für immer auslöschen!‹«

»Himmel …«, flüsterte Luke fassungslos. »Der Fluch hat sich erfüllt. Horace ist zurückgekommen, um sich zu rächen … als Hai-Dämon.«

»Das zumindest soll Mrs Pembroke glauben«, präzisierte Justus. »Deshalb wollte sie mit allen Mitteln verhindern, dass der Harpunier ihr Licht findet.«

Peter deutete auf die Gemälde an der Wand. »Jetzt kapier ich auch, warum es im ganzen Haus keine Bilder mit Menschen gibt. Gemälde der Familie und Vorfahren waren bei den Pembrokes wahrscheinlich unerwünscht, weil man nicht an den Fluch erinnert werden wollte.«

Bob blickte zu Justus hinüber. »Als ich in einem Buch ein zeitgenössisches Porträt der Pembrokes gefunden habe, wurde mir auch klar, warum Lukes Tante gestern so heftig auf dich reagiert hat. Du hast eine verblüffende Ähnlichkeit mit Cedric Pembroke, dem fanatischsten der vier Brüder.«

»Sie hat in dir also einen der Hauptschuldigen für den Fluch gesehen«, folgerte Peter. »Deshalb die Ohrfeige …«
»… und die Beschimpfung«, fügte Bob an. »Das walisische Wort ›Mochyn‹, mit ›Y‹, bedeutet nämlich nichts anderes als ›Schwein‹.«
»Zutiefst schmeichelhaft, mit was man so alles verglichen wird«, erwiderte Justus, dem gerade wieder der »Speckballon« einfiel. »Und hast du auch etwas über die Kreide-Zeichen herausgefunden?«
»Ja, hab ich.« Bob blätterte zu einer anderen Seite seines Notizbuchs. »Die Symbole sind walisischen Ursprungs und gehen auf das frühe Mittelalter zurück. Richtig angeordnet sollen sie vor Unglück und bösen Geistern schützen.«
Peter blickte zu den Bannkreisen. »In ihrer Verzweiflung muss Lukes Tante diese Zeichen für die einzige Möglichkeit gehalten haben, den Dämon fernzuhalten.«
Justus nickte. »Aber was ist die Ursache dafür, dass Mrs Pembroke plötzlich so labil und verwirrt wurde?«
»Auch dazu hätte ich eine Theorie«, gab Bob zurück. »In der Kürze der Zeit war ein wirklich tiefes Einsteigen in das Thema natürlich nicht möglich. Aber ich konnte zumindest feststellen, dass es bestimmte Psychopharmaka und halluzinogene Drogen gibt, die solche Reaktionen hervorrufen können. Wenn also jemand heimlich Mrs Pembroke eine solche Substanz verabreicht –«
»Das Essen!«, rief Peter aufgeregt. »Rupert bereitet doch für alle im Haus das Essen zu. Da wäre es ein Kinderspiel für ihn, Lukes Tante irgendein Mittel reinzumischen. Wahr-

scheinlich habe ich das Zeug sogar gesehen – ein gelbes Röhrchen, das er in seiner Westentasche versteckt!«

»Schlaue kleine Racker ...«, ertönte im Hintergrund plötzlich eine schneidend scharfe Stimme.

Erschrocken wirbelten die Jungen zur Tür herum, in der breit lächelnd der hagere Butler stand. Auf seinem linken Handteller lag ein gelbes Tablettenröhrchen, während seine rechte Hand eine mächtige Harpune umschloss.

Hinterhalt

»Was haben Sie vor?«, rief Justus wütend, während er und seine Freunde aufsprangen. »Es wird Ihnen wohl kaum gelingen, uns alle nacheinander abzustechen!«
»Immer mit der Ruhe«, erwiderte Rupert betont gelassen, lehnte die Harpune neben sich an die Wand und schloss die Tür. »Ich will nur mit euch reden.«
»Und worüber?«, fauchte Luke. »Darüber, dass Sie meine Tante mit Drogen vergiften, sodass sie nicht mehr klar denken kann?«
Der Butler schüttelte mit bedauerndem Gesichtsausdruck den Kopf. »Ihr seid zwar kluge Jungs, aber ihr zieht die falschen Schlüsse. Ich könnte Mrs Pembroke niemals etwas antun. Damals habe ich Darren versprochen, immer auf sie achtzugeben.« Er warf dem überraschten Ersten Detektiv das Röhrchen zu. »Das sind Schmerzmittel, die ich gegen die zunehmende Arthritis in meinen Händen einnehme. Niemand sollte etwas davon mitbekommen. Ich bin immer noch problemlos in der Lage, diesen Haushalt zu führen.«
»Das … scheint zu stimmen«, stellte Justus mit Blick auf den Aufdruck am Röhrchen fest.
»Aber … wenn Sie nichts mit der Sache zu tun haben, was soll dann die Harpune?«, fragte Luke beunruhigt.

»Die habe ich eben bei der Garage unter einer Abdeckung gefunden. Der Täter muss sie dort versteckt haben.«
Peter war noch immer nicht überzeugt. »Und was war mit dem Buch, das Sie gestern Abend versteckt haben?«
Rupert verdrehte die Augen. »Das war mein kläglicher Versuch, zu verhindern, dass ihr euch noch mehr in die Sache reinsteigert. Ich hatte nach Hintergrund-Informationen über diesen seltsamen Harpunier gesucht und wollte nicht, dass du das mitbekommst.«
»Das … war also gar kein Monster-Beschwörungsbuch?«, fragte Luke verunsichert. »Und wofür standen dann die Buchstaben MO?«
Ein belustigtes Lächeln huschte über das Gesicht des Butlers. »Ganz einfach – das war der Anfang des Lexikon-Titels: ›MOBY DICK und andere Mythen des Meeres‹.«
Auch Justus musste nun schmunzeln. »Dann gehe ich vermutlich recht in der Annahme, dass auf dem Umschlag der titelgebende zähnefletschende weiße Wal nebst Harpune von Kapitän Ahab zu sehen war?«
Rupert seufzte. »Wie ich sehe, hat mein Versuch, das Buch zu verstecken, ja ausgezeichnet funktioniert …«
»Dass Sie gestern Nacht niedergeschlagen wurden, war also nicht vorgetäuscht«, folgerte Bob.
Statt zu antworten, drehte sich der Butler nur wortlos um und tippte an seinen Hinterkopf, auf dem eine hässliche Platzwunde prangte. Dann wandte er sich wieder den Jungen zu und blickte sie ernst an. »Ich wollte euch aus allem raushalten und diese verdammten Typen auf eigene Faust

dingfest machen. Aber wie es aussieht, ist es unmöglich, euch daran zu hindern, überall eure neugierigen Nasen reinzustecken.«

»Schuldig im Sinne der Anklage«, erwiderte Justus grinsend. Dann räusperte er sich und machte eine einladende Handbewegung in Richtung eines Sessels. »Unter den geänderten Umständen dürfte es wohl geboten sein, dass wir nun mit offenen Karten spielen.«

In den folgenden Minuten tauschten die Jungen und der Butler ihren Wissensstand aus. Die Nachricht von dem geheimen Schacht überraschte Rupert außerordentlich.

»Da gab es die ganze Zeit eine geheime Verbindung zwischen den Etagen und ich hatte keine Ahnung davon …«

Bob lächelte. »Das spricht auf jeden Fall für Ihren Charakter. Wären Sie nur halb so neugierig, wie wir geglaubt haben, hätten Sie bestimmt schon mal das Innere des Schranks im Flur erkundet.«

»Äh, da fällt mir ein …« Zögernd rieb sich der Butler das Kinn. »Ich muss gestehen, dass ich gestern vor eurer Tür nicht wirklich dabei war, den Boden zu säubern.«

»Machen Sie sich deswegen keine Gedanken«, erwiderte Justus aufmunternd. »Ein gewisses Maß an Neugier ist ja sozusagen eine detektivische Tugend.«

Der Zweite Detektiv atmete tief ein und rieb sich die Nasenwurzel. »Diese Tugend hat uns inzwischen zwar zur Hintergrundgeschichte des Dämons und zu mehreren Verdächtigen geführt, aber wie bringen wir jetzt die Täter zur Strecke?«

»Noch wichtiger ist, dass meiner Tante geholfen wird«, fügte Luke an. »Wenn sie wirklich von irgendjemandem unter Drogen gesetzt wird, müssen wir das endlich stoppen!«
Justus nickte ernst. »Das werden wir auch. Da jetzt klar ist, dass Rupert deiner Tante nichts ins Essen mischt, muss die Verabreichung auf einem anderen Wege stattfinden.«
Inzwischen war Bob ein wenig im Zimmer auf und ab gegangen. Als sein Blick an einem der Symbole vor der Tür haften blieb, stutzte er. »Leute … ich glaube, ich hab's!«
»Nämlich?«, fragte Peter neugierig.
»Mrs Pembroke ist doch so gut wie immer in ihrem Zimmer – mit zwei regelmäßigen Ausnahmen.«
»Die Zeit, in der sie die Symbole nachzeichnet«, stellte der Butler fest. »Einmal morgens und einmal abends.«
»Gut kombiniert!«, lobte Justus. »Nur während dieser beiden Zeitfenster bestünde die Möglichkeit, ungesehen in ihr Zimmer zu gelangen und irgendwelche Maßnahmen zu treffen. Und ganz zufällig kennen wir jemanden, der über einen äußerst diskreten Zugang zum ersten Stock verfügt.«
»Earl Forrester«, ergänzte Luke grimmig. »Er also!«
»Genau das gilt es zu beweisen.« Justus blickte auf seine Armbanduhr. »Gleich ist es fünf Uhr. Wenn es so läuft wie bisher, wird Mrs Pembroke in knapp zwei Stunden mit der Zeichen-Erneuerung im Erdgeschoss beginnen. Währenddessen legen wir uns am Aufgang zum Flur im ersten Stock auf die Lauer. Sobald Earl auftaucht, schlagen wir zu!«
Wie verabredet waren die Jungen und Rupert, nachdem sie

zum ersten Mal alle gemeinsam gegessen hatten, um sieben Uhr auf ihrem Posten. Mrs Pembroke befand sich bereits im Salon und zeichnete die Symbole nach. Kaum dass zwei Minuten vergangen waren, öffnete sich der Kleiderschrank und eine Gestalt schlüpfte lautlos ins Zimmer von Lukes Tante. So leise wie möglich liefen die Beschatter den Flur hinunter, verharrten kurz vor der Tür und stürmten dann auf ein stummes Signal von Justus hin ins Zimmer.

Vollkommen überrumpelt erstarrte Earl mitten in der Bewegung. Er stand vor dem Bett von Mrs Pembroke und hatte eine gläserne Ampulle erhoben, die eine farblose Flüssigkeit enthielt. Jetzt wirbelte er herum und rannte zum Fenster. Offensichtlich wollte er das Fläschchen hinauswerfen.

»Hiergeblieben!«, rief Peter und stürzte sich auf den Studenten, der nach kurzer Gegenwehr aufgab. Widerstandslos ließ er sich das Fläschchen abnehmen und anschließend in ein Nebenzimmer führen, wo der Zweite Detektiv ihn grob auf einen Stuhl stieß. Bob blieb in der Tür stehen und behielt den Flur im Auge, um Bescheid sagen zu können, falls Mrs Pembroke früher als erwartet zurückkehrte.

»Raus mit der Sprache: Was hast du meiner Tante angetan?«, fauchte Luke ihn mit zornesrotem Gesicht an.

Als der Student zunächst stumm blieb, trat Justus einen Schritt näher. »Für den weiteren Verlauf der Dinge wäre es in deinem eigenen Interesse, wenn du jetzt auspackst.« Er hielt ihm die Ampulle vors Gesicht. »Wir wissen, dass du Mrs Pembroke dieses Mittel verabreichst und mit dem

Dämon zusammenarbeitest, um sie in Angst und Schrecken zu versetzen. Ein Geständnis würde sich –«

»Dämon? Ihr spinnt doch!«, unterbrach ihn Earl aufgeregt und wollte aufspringen, doch Peter drückte ihn zurück auf den Stuhl und funkelte ihn böse an.

»Willst du uns ernsthaft erzählen, dass du mit dem Harpunier nichts zu tun hast? Du bist der Einzige, der einen geheimen Zugang zu allen Stockwerken hat. Und außerdem habe ich in deinem Zimmer einen schwarzen Mantel gesehen!«

»Ich schwöre – ich habe keine Ahnung, wovon ihr redet! Ich kenne keinen Harpunier!«

Earl rang hektisch die Hände. »Den geheimen Schacht habe ich schon vor über einem Jahr entdeckt, gleich nach meinem Einzug. Ein paarmal bin ich damals aus Spaß in die anderen Etagen geklettert, aber das war's auch. Zumindest … bis ich das Päckchen bekam.«

»Was für ein Päckchen?«, fragte Luke streng.

»Vor ungefähr zwei Wochen erhielt ich ein Päckchen ohne Absender. Darin fand ich das kleine Fläschchen, zweihundertfünfzig Dollar und einen computergeschriebenen Zettel. Darauf stand, ich bekäme weitere zweihundertfünfzig Dollar, wenn ich ab jetzt jeden Morgen und Abend zwanzig Tropfen dieser Flüssigkeit in Mrs Pembrokes Zimmer verteile, sobald sie es verlässt. Morgens auf ihrem Lieblingssessel am Fenster und abends auf ihrem Kopfkissen.«

»Auf diese Weise atmete sie nahezu durchgängig die Dämpfe dieser halluzinogenen Substanz ein«, stellte Justus betroffen fest. »Kein Wunder, dass sie von da an unter dauerhaften Bewusstseinsstörungen litt.«

Auch die anderen waren angesichts dieser Gewissenlosigkeit fassungslos.

»Ist Ihnen in Ihrem verkorksten kleinen Kopf nicht der Gedanke gekommen, dass Sie damit fortgesetzte Körperverletzung und Beihilfe zu einer Straftat begehen?«, fuhr ihn der Butler zornig an. »Haben Sie denn nicht gemerkt, was dieses Teufelszeug mit Mrs Pembroke anrichtet?«

»Nein, ich …«, stammelte Earl und gestikulierte hilflos mit den Händen. »Da oben kriege ich doch so gut wie nichts von hier unten mit. Ich hielt das Ganze für irgendeinen schrägen Nachbarschafts-Scherz und hab nicht weiter drüber nachgedacht. Schließlich ging es um fünfhundert Dollar, die ich dringend für mein Projekt brauchte.«

»Um dein dämliches Lichter-Projekt voranzubringen, hast du einfach Augen und Ohren zugemacht«, stellte Peter erbost fest. »Beim zweiten Mal kam dann wahrscheinlich die Anweisung, dass du von nun an das Gästezimmerfenster geöffnet lassen sollst, stimmt's?«

»Genau«, murmelte Earl mit gesenktem Kopf.

»Und was ist mit dem schwarzen Mantel?«, fragte Luke.

Earl zuckte mit den Schultern. »Was soll mit dem sein? Ich bin ein Fan von Johnny Cash – ihr wisst schon, der ›Man in Black‹. Den Mantel habe ich letzten Sommer auf einer Musikmesse in L.A. gekauft. Ist natürlich nicht echt, sondern nachgemacht, aber dafür mit den Initialen JC im Innenfutter. Soll ich's euch zeigen?«

»Das wird wohl nicht nötig sein«, winkte Justus ab. »Deine Schilderung entbehrt nicht einer gewissen Schlüssigkeit. Zumindest wäre das eine Erklärung für den Fußabdruck im Beet. Wenn der Harpunier keinen Zugang zum Schacht hatte, musste er von außen ins Haus eindringen.«
Wütend ballte Luke die Fäuste. »Auch wenn er nicht der Dämon ist – er hat meine Tante beinahe in den Wahnsinn getrieben!«
»Davon wird ihn auch niemand freisprechen«, entgegnete Justus. »Doch über die Ahndung seiner schändlichen Tat werden andere zu befinden haben.«
»Wenn's nach mir ginge, müsste er zur Strafe den Rest der Flasche auf ex trinken«, knurrte Peter. »Das wäre genau die richtige Medizin für unseren ›Genius at Work‹ …«
Erwartungsvoll blickte Rupert zu Justus. »Soll ich jetzt die Polizei alarmieren?«
Der Erste Detektiv schüttelte den Kopf. »Wenn wir jetzt schon die Polizei hinzuziehen, wären die wahren Täter gewarnt und würden sofort abtauchen. Wir müssen also einen Weg finden, sie aus der Deckung zu locken.«
»Aber zuerst muss dieses verseuchte Kissen aus dem Verkehr gezogen werden«, mahnte Bob an.
»Das übernehme ich«, erwiderte der Butler und wandte sich zur Tür. »Ich werde das ganze Bett neu beziehen und das Zimmer auslüften, bevor Mrs Pembroke wiederkommt.«
Justus nickte. »Sehr gut. Sobald Lukes Tante wieder in ihrem Zimmer ist, behalten wir sie abwechselnd im Auge. Wenn alles gut läuft, wird sie sich ohne den weiteren Ein-

fluss der Substanz hoffentlich rasch wieder erholen. Da Earl die Tropfen zweimal am Tag verteilen sollte, gehe ich davon aus, dass die Wirkung ungefähr zwölf Stunden anhält. Ab jetzt kann es also eigentlich nur bergauf gehen. Falls bis morgen dennoch keine spürbare Besserung einsetzt, ziehen wir einen Arzt hinzu.« Er blickte Luke beruhigend an. »Jetzt, da wir die wahre Ursache kennen, wird niemand den Schluss ziehen, Mrs Pembroke sei geisteskrank.«

»Apropos Auge«, richtete sich Bob wieder an Earl. »Die gestohlene Kamera geht auch auf dein Konto, stimmt's?«

»Ja, das war ich«, gab der Student zu. »Mitten in der Nacht kam eine SMS mit der Anweisung, eine versteckte Kamera im Flur des ersten Stocks zu suchen und abzunehmen.«

Luke zog überrascht die Augenbrauen hoch. »Eine SMS? Aber man hat hier doch nirgends Netzempfang.«

»Normalerweise nicht«, bestätigte Earl. »Aber oben in meiner Etage funktioniert der Empfang nahezu einwandfrei.«

»Rätsel der Technik«, murmelte Justus kopfschüttelnd.

Nachdenklich rieb sich Peter am Ohr. »Dann hat der Harpunier gestern Nacht also mitbekommen, wie ich Luke angefunkt habe, damit er mich per Nachtsichtkamera lotst.«

»Davon weiß ich nichts«, entgegnete der Student. »In der SMS stand nur, dass ich bis zur Frühstückszeit um acht Uhr warten sollte, um die Kamera zu holen.«

Justus knetete grübelnd seine Unterlippe. »Der Täter scheint sich bestens mit den Abläufen im Haus auszukennen. Er hat darauf spekuliert, dass unser Monitor während des Essens unbeobachtet sein würde, sodass wir den Dieb nicht bemerken.« Misstrauisch fixierte er Earl. »Du bleibst also dabei, dass du keine Ahnung hast, wer dein Auftraggeber ist?«

»Glaubt mir – ich habe nicht den geringsten Schimmer«, beharrte Earl. »Ich kenne nur die Mobilfunknummer, von der aus ich die Nachricht bekommen habe. Dort soll ich mich auch per SMS melden, sobald Mrs Pembroke irgendetwas tut, was das ganze Haus, also auch mich, betrifft. Deshalb hab ich auch gleich Bescheid gesagt, als sie die seltsame Anweisung gegeben hat, nach Einbruch der Dunkelheit kein elektrisches Licht mehr zu benutzen.«

»Dann brauchen wir jetzt doch nur noch überprüfen zu lassen, wem diese Nummer gehört, und schon haben wir den Täter!«, stellte Peter aufgeregt fest.

Angespannt blickte Justus zum Fenster hinaus. »So einfach wird die Sache leider nicht sein. Erstens ist das kein Vorgang, den wir so ohne Weiteres in die Wege leiten können, und zweitens bin ich mir ziemlich sicher, dass der oder die Täter schlau genug sind, nicht ihr persönliches Mobiltelefon zu benutzen. Wahrscheinlich ist es ein Prepaid-Handy ohne Vertrag, das jederzeit spurlos entsorgt werden kann.«

Bob nickte. »Man müsste den Betreffenden also quasi auf frischer Tat mit dem Telefon in der Hand überraschen, um ihn eindeutig überführen zu können.«

»Und das wird kaum möglich sein, solange wir nicht wissen, wer es ist«, ergänzte Luke betrübt.

»In der Tat …« Stirnrunzelnd wandte sich der Erste Detektiv ab. »Die wichtigste Frage ist nach wie vor ungeklärt:

Wer steckt hinter der ganzen Sache? Lance Vaughn, Darby Farnham, die Walcotts oder doch Mr Cray ...«

»Zu diesem Cray habe ich natürlich auch Recherchen angestellt, aber nichts Weltbewegendes gefunden«, erklärte Bob, klappte erneut sein Notizbuch auf und hielt das fotokopierte Zeitungsbild eines grau melierten Mannes im dunklen Nadelstreifenanzug hoch. »Mr Alvin Cray, 56 Jahre, ist ein Bau-Multi aus Santa Barbara, der Anteile an zig verschiedenen Firmen hält und damit das große Geld gemacht hat.«

Peter horchte auf. »Aus der Bau-Branche also. Dann geht es ihm vielleicht gar nicht um das Haus selbst, sondern um das Grundstück.«

»Möglich«, räumte Bob ein. »Leider war's das auch schon zu Mr Cray. Auch zu Comtesse Alanas Astralgesellschaft konnte ich nur wenig –«

Wie vom Blitz getroffen hielt er inne, als plötzlich ein gellender Schrei die Luft durchschnitt.

Bestürzt riss Luke die Augen auf. »Das war Tante Gwen!«

Comtesse Alanas mysteriöser Kreis

Hastig rannten die Jungen in den Flur hinaus, schlossen Earl jedoch zuvor im Gästezimmer ein. Auf der Treppe stießen sie auf Rupert, der mit ihnen zusammen nach unten stürmte. Mrs Pembroke stand stocksteif und mit kreidebleichem Gesicht im Salon. Ihr flackernder Blick war aus dem Fenster in den Garten gerichtet, doch dort war niemand zu sehen. Vorsichtig trat Luke an sie heran.

»Was … ist denn passiert?«, fragte er besorgt.

Mrs Pembroke reagierte nicht, sondern starrte unverwandt nach draußen. Dann begann sie mit zitternder Stimme zu flüstern. »Der Dämon … da draußen … Er hat Darren in seiner Gewalt …«

»Was??«, entfuhr es Peter viel lauter als beabsichtigt.

Auch Luke konnte nicht glauben, was er gehört hatte. »Du hast … Onkel Darren gesehen?«

Wiederum antwortete Mrs Pembroke nicht direkt, sondern raunte nur leise vor sich hin. »Er wird Darrens Seele erst dann freilassen, wenn ich mit ihm gehe … So werde ich ihm nun in die Tiefe folgen …«

Mit diesen Worten wandte sie sich in Richtung Eingangstür um, doch Rupert stellte sich ihr entschlossen in den Weg.

»Bitte, Mrs Pembroke, bleiben Sie hier bei uns«, beschwor der Butler sie mit ungewohnt sanfter Stimme und legte ihr vorsichtig eine Hand auf die Schulter. »Was auch immer Sie dort draußen gesehen haben, es war ganz gewiss nicht die Seele Ihres Mannes. Vertrauen Sie mir: Es wird sich alles zum Guten wenden. Aber jetzt ist es wichtig, dass Sie mit mir nach oben gehen und sich ausruhen.«

Während Rupert weiter auf Mrs Pembroke einredete, liefen die drei ??? und Luke in den Garten, um nach den Eindringlingen Ausschau zu halten, doch ihre Suche blieb erfolglos. Der Rasen war von ihren Nachforschungen so zertrampelt, dass man unmöglich feststellen konnte, ob neue Spuren hinzugekommen waren. Nachdem Peter sich noch vergewissert hatte, dass vor dem Grundstück kein Auto parkte, gingen die Jungen unverrichteter Dinge ins Haus zurück.

»Der armen Frau jetzt auch noch vorzumachen, die Seele ihres toten Mannes stünde vor ihr, ist wirklich der Gipfel an Skrupellosigkeit«, stellte der Dritte Detektiv zornig fest.

Im Salon setzten sich die Jungen an den großen Tisch. Rupert blieb oben bei Mrs Pembroke, damit sie nach dem durchlittenen Schrecken nicht allein war.

»Vorhin wolltest du uns gerade etwas über Alanas Astralgesellschaft erzählen, oder?«, wandte sich Luke an Bob.

»Stimmt. Es war, wie gesagt, nichts Aufregendes – nur ein paar Eckdaten.« Er zog sein Notizbuch hervor und blätterte zur gesuchten Seite vor. »Vor elf Jahren hat Comtesse Alana, bei der es sich bekanntlich um Darby Farnham handelt, diese ›Vereinigung für transzendente Kontakte‹ gegründet.

Binnen Kurzem schaffte sie es, sich im Großraum Hollywood einen gewissen Bekanntheitsgrad aufzubauen.«

»Wahrscheinlich, weil sie die Partys von Celebrity Starshine ausgiebig für Eigenwerbung nutzte«, vermutete Justus.

»Davon gehe ich aus«, erwiderte Bob. »Ein Großteil ihrer Anhängerschaft scheint jedenfalls aus den Reichen und Schönen von Los Angeles zu bestehen, die sich von der ›Astral-Mentorin‹ Alana die Zukunft vorhersagen lassen.«

Verächtlich schüttelte Peter den Kopf. »Ich werde nie verstehen, wie man auf so einen Quatsch hereinfallen kann.«

»Leichtgläubigkeit ist leider ein weit verbreitetes Übel, das manche Menschen nur zu gern für ihre eigenen Zwecke ausnutzen«, entgegnete Justus ernst.

»Diesen Dreh scheint Comtesse Alana echt gut draufzuhaben«, erklärte der Dritte Detektiv und entfaltete eine weitere Fotokopie. »Anlässlich des zehnjährigen Jubiläums ihrer Astralgesellschaft hat sie ein längeres Interview gegeben und auch Fotos von einer ihrer Versammlungen gestattet. Das sind gut und gern hundert Leute in dem Saal.«

»Kann ich mal sehen?«, fragte Luke neugierig.

»Klar«, erwiderte Bob und reichte ihm schmunzelnd das Papier. »Mit ihrem Tücherkleid und der albernen Federmütze sieht die Comtesse aus wie ein gerupftes Huhn.«

Gespannt nahm der Junge das Blatt entgegen und riss verblüfft die Augen auf, als er das Foto sah.

»Was hast du?«, fragte Peter irritiert. »Ist diese Frau gar nicht Darby Farnham?«

»Doch, doch …«, erwiderte Luke stockend. »Ich habe mir

nur gerade die Leute im Hintergrund angeschaut. Der dritte Mann von rechts – das ist doch dieser Alvin Cray!«
Bobs Kopf zuckte vor. »Im Ernst?? Das war mir gar nicht aufgefallen.«
»Dann gehören Vaughn und Cray also beide zu diesem seltsamen Zirkel von Comtesse Alana«, folgerte Justus mit grimmigem Lächeln. »Somit sind drei unserer Verdächtigen nun zu einem Trio zusammengewachsen.«
»Nur die Walcotts sind noch nicht im Boot«, ergänzte Peter nachdenklich. »Und wie gehen wir jetzt weiter vor?«
Mit krauser Stirn nahm Justus den Zettel von Bob entgegen. »Da die Fäden bei Darby Farnham zusammenzulaufen scheinen, sollten wir bei ihr ansetzen. Wenn wir –« Beiläufig hatte er einen Blick auf den Artikel mit dem Foto geworfen und verharrte nun fassungslos. »Das gibt's doch nicht!«
Erstaunt wandten ihm die anderen Jungen ihre Köpfe zu.
»Was ist denn los?«, wollte Bob wissen. »Du siehst ja aus, als hätte man dir morgen das Frühstück gestrichen.«
»Die Kakadu-Tussi …«, raunte der Erste Detektiv entgeistert. »Ich kenne diese Frau!«
In knappen Sätzen erklärte Justus seinen Freunden, wann und wo er die skurrile Kundin seines Onkels getroffen hatte.
Luke schüttelte verblüfft den Kopf: »Ist ja wirklich unglaublich. Wir bekommen allmählich raus, wer die Drahtzieherin hinter dem ganzen Spuk ist, und dann stellt sich heraus, dass du diesen schrägen Vogel längst kennst.«
»Vogel …«, murmelte Justus abwesend. »Kakadu und Kranich …« Plötzlich sprang er auf und hob triumphierend den

Zeigefinger in die Luft. »Luke – ich glaube, du hast soeben den entscheidenden Hinweis zur Lösung gegeben!«
»Ich?«, fragte der Junge verdattert. »Wie das denn?«
Auch Bob und Peter konnten nicht recht folgen.
Hastig deutete Justus zur Tür. »Ich erklär's euch später – jetzt muss ich Rupert erst mal eine Frage zu einem gewissen Gegenstand im Flur stellen …«
Zwei Minuten später standen alle vor der Ziersäule zwischen dem Wandteppich und dem Gemälde mit den beiden Vogelmotiven. Erwartungsvoll wandte sich der Erste Detektiv an den Butler. »Gehe ich recht in der Annahme, dass auf dieser Säule früher einmal eine Porzellanuhr stand, die wie der Teppich und das Ölbild einen weißen Kranich zeigte?«
»So ist es«, erwiderte Rupert. »Dieses Kranich-Ensemble stammte noch von Mrs Pembrokes Großeltern, die es in die Familie brachten. Angeblich gehörten die Sachen früher einer Magierin oder Wahrsagerin.« Er zuckte die Achseln. »Vor ungefähr fünfzehn Jahren musste das Uhrwerk repariert werden. Einen Tag später teilte der Uhrmacher mit, die Kranich-Uhr sei gestohlen worden. Seine Werkstatt wurde durchsucht, aber die Uhr blieb verschollen. Zwar erhielt Mrs Pembroke eine Entschädigung, aber das konnte den Verlust dieses Erinnerungsstücks natürlich nicht aufwiegen.«
»So etwas Ähnliches dachte ich mir«, murmelte Justus lächelnd und schaute auf seine Armbanduhr. »Zur Vorbereitung des großen Finales möchte ich Sie nun bitten, telefonisch einige Einladungen auszusprechen.«

»Einladungen?«, fragte Bob irritiert. »An wen denn?«
Der Erste Detektiv grinste siegesgewiss. »Na, an all unsere Verdächtigen. Jedem Einzelnen wird Rupert eine wichtige Neuigkeit mitteilen, verbunden mit der Einladung zu einem abendlichen Treffen hier vor Ort. Diesem Köder wird keiner von ihnen widerstehen können – weder Alvin Cray noch Lance Vaughn noch die Walcotts. Und schon gar nicht Darby Farnham alias Comtesse Alana alias Kakadu-Tussi …«

Die große Versammlung

So kam es, dass sich um zehn Uhr abends eine höchst ungleiche Besuchergruppe im Pembroke-Haus an einem großen Eichenholztisch zusammenfand: der nervöse Architekt Lance Vaughn, diesmal wieder in seiner Motorradmontur, der äußerlich gelassen scheinende Bau-Unternehmer Alvin Cray, dessen eleganter Nadelstreifenanzug im krassen Gegensatz zum lässigen Sweatshirt-und-Jogginghosen-Look des Ehepaars Walcott stand, und schließlich Darby Farnham, die mit ihrer neongrünen Tunika nebst zitronengelber Federmütze modisch im wahrsten Sinne des Wortes den Vogel abschoss.

Als Ort der Versammlung hatte Justus zum allgemeinen Erstaunen die Wohnung von Earl ausgesucht, der diese Entscheidung höchst verärgert aufnahm, sich aber zähneknirschend fügen musste. Nun hockte der Student mit versteinertem Gesicht etwas abseits am Tischende und kontrollierte immer wieder mit argwöhnischen Blicken, dass auch wirklich alle seine Apparaturen mit blickdichten Tüchern verhüllt waren.

Man konnte den Gästen deutlich ihre Irritation über die große Runde anmerken, doch alle bemühten sich angestrengt, es so wirken zu lassen, als würden sie einander nicht kennen. Am Kopf der Tafel standen Justus, Peter, Bob und

Luke wie die Orgelpfeifen und warteten darauf, dass alle ihren Platz eingenommen hatten. Rupert, der kurz zuvor noch kontrolliert hatte, dass Mrs Pembroke ruhig schlief, bezog nun stumm an der Tür Position. Links von sich in einem Schrank hatte er vorsorglich eine altmodische Flinte versteckt. Sobald die Täter tatsächlich überführt wären, wollte Justus dann die Polizei alarmieren.

Bevor der Erste Detektiv das Wort ergriff, trat Luke an ihn heran und flüsterte ihm ins Ohr: »Dieser Cray muss seit dem Foto einige Kilo abgenommen und seine Haare dunkler gefärbt haben. Wenn er jetzt noch einen Oberlippenbart hätte und eine Brille tragen würde, sähe er meinem Onkel Darren verflixt ähnlich.«

»Ein weiterer Spuk-Akteur also, das passt ja bestens ins Bild«, antwortete Justus leise. »Damit hätten wir die Erklärung dafür, dass deine Tante vorhin glaubte, die Seele ihres verstorbenen Mannes gesehen zu haben.«

»Kann mir endlich mal jemand sagen, was dieser ganze Quatsch soll?«, fragte Mr Walcott verärgert. »Wird das hier irgendeine schräge Party, um schönes Wetter zu machen? Dann gehen Eliza und ich gleich wieder.«

»Nichts dergleichen, Mr Walcott«, beschwichtigte ihn Justus und blickte reihum. »Zunächst einmal möchte ich mich bei Ihnen allen entschuldigen, dass wir Sie unter falschen Vorzeichen hierhergelockt haben. Mr Cray ließen wir ausrichten, dass sein Kauf-Angebot für das Haus nun doch akzeptiert werde und diesbezüglich letzte Einzelheiten zu klären seien. Mr Vaughn stellten wir ein Abendessen mit

Mrs Pembroke in Aussicht, bei dem in aller Ruhe die beiderseitigen Gefühle besprochen werden könnten. Das Ehepaar Walcott ging davon aus, dass ein Gespräch über Planänderungen bezüglich der Sommerfeste stattfinden würde. Und Mrs Farnham köderten wir damit, dass Mrs Pembroke aus gesundheitlichen Gründen den Rechtsstreit um Celebrity Starshine beilegen und zu einer gütlichen Einigung kommen wolle.«

Bob machte eine ausholende Handbewegung. »Für Sie alle musste es wie ein glanzvoller Sieg aussehen. Ganz so, als ob Ihre Strategie voll und ganz aufgegangen wäre.«

»Aber da müssen wir Sie enttäuschen«, fügte Peter entschlossen an. »Nichts davon wird eintreffen!«

»Was??«, brauste Mr Walcott auf. »Ihr lockt uns spät am Abend unter Vorspiegelung falscher Tatsachen hierher, nur um uns zu sagen, dass das alles ein schlechter Scherz war?!«

Auch die beiden anderen Männer waren sichtlich bestürzt und wandten ihre hilfesuchenden Blicke der regungslos dasitzenden Mrs Farnham zu.

»Eure Exzellenz, ich verstehe das nicht«, bekannte Mr Cray. »Ihr sagtet doch voraus, dass der Erwerb dieses geweihten Grundstücks in Kürze gelingen und dadurch das Ungleichgewicht meiner mentalen Schwingungen behoben würde.«

»Und mir prophezeitet Ihr eine baldige Seelenverschmelzung zwischen Mrs Pembroke und mir, sobald die Arbeit getan wäre«, ergänzte Lance Vaughn verwirrt.

Der Dritte Detektiv schüttelte mitleidig schmunzelnd den

Kopf. »Eines muss man Ihnen bei der ganzen Sache ja zugutehalten: Sie beide glauben tatsächlich an all den Mumpitz, den Comtesse Alana Ihnen eingetrichtert hat.«
»In Wahrheit ging es der werten Dame jedoch nie um Ihre Schwingungen oder die Verschmelzung sehnsüchtiger Seelen«, fügte Justus an. »Sie war einzig und allein von einem der ältesten Motive der Menschheit angetrieben: Gier.«
»Das ist eine Lüge!«, rief Vaughn erbost.
Auch in Crays Gesicht war die Zornesröte geschossen. »Wie kannst du es wagen?!«
»Das kann er, weil ›Eure Exzellenz‹ es so und nicht anders verdient hat«, meldete sich nun der Butler in strengem Tonfall zu Wort. »Also halten Sie den Mund und hören Sie zu, was die Jungen zu sagen haben.«
Der Erste Detektiv nickte. »Vielen Dank, Rupert. Im Grunde ist es denkbar einfach. Auf die Spur gebracht hat mich Mrs Farnhams starkes Interesse an einer Porzellanuhr, die sie meinem Onkel abgekauft und, wie ich vorhin von ihm erfahren habe, am heutigen Vormittag abgeholt hat. An dieser Stelle möchte ich das Wort an meinen Kollegen Bob abgeben, der in der vergangenen Stunde einige telefonische Recherchen durchgeführt hat.«
Der Dritte Detektiv trat einen Schritt vor und zückte sein Notizbuch. »Einzeln betrachtet, handelt es sich bei der erwähnten Uhr nur um ein englisches Liebhaberstück aus dem frühen 19. Jahrhundert, ohne großen künstlerischen oder materiellen Wert. Zu etwas Besonderem wird sie erst gemeinsam mit zwei anderen Gegenständen – einem Ge-

mälde und einem Wandteppich aus derselben Zeit. Beide stammen, ebenso wie die Uhr, von keinen bekannten Künstlern und sind für sich genommen nicht sonderlich wertvoll. Aber zusammen mit der Uhr bilden sie die sogenannte ›Kranich-Trinität‹, benannt nach einem markanten weißen Vogel, der auf allen drei Objekten zu sehen ist.«

»Und warum erzählst du uns das alles?«, fragte Mrs Walcott verärgert.

»Weil hier des Rätsels Lösung zu finden ist«, erklärte Justus. »Die Kranich-Trinität befand sich früher nämlich im Besitz der berühmten amerikanischen Okkultistin Mina Crandon, die angeblich in Gegenwart der drei weißen Geist-Vögel besonders intensive Visionen hatte.«

Bob nickte. »Mrs Pembrokes Großeltern waren große Verehrer von Mina Crandon und erwarben nach deren Tod die Kranich-Trinität.«

»Der Wandteppich und das Bild hängen seitdem direkt nebeneinander im Flur«, fügte Luke an.

»Zwischen Teppich und Gemälde stand über lange Zeit hinweg auch die Uhr auf einer Schmucksäule«, fuhr der Erste Detektiv fort. »Vor fünfzehn Jahren ging sie jedoch verloren und gelangte kürzlich über Umwege in den Besitz meines Onkels. Vor ungefähr drei Wochen hat Mrs Farnham die Kranich-Uhr von Mina Crandon in einem Prospekt erkannt und war sofort Feuer und Flamme. Sie ermittelte meinen Onkel als neuen Besitzer und gab unbesehen ein stattliches Kaufangebot ab. Die Sache war ihr so wichtig, dass sie sogar persönlich vorbeikam, um die Uhr vorab zu bezahlen.«

Zornig fixierte Peter die noch immer schweigende Kakadu-Frau. »Nachdem Sie die Uhr entdeckt hatten, starteten Sie schon bald die Terror-Aktionen gegen Mrs Pembroke. Von früheren Besuchen bei Ihrem Geschäftspartner Darren wussten Sie wahrscheinlich schon lange, dass die beiden anderen Kranich-Stücke dieser Geisterbeschwörerin hier hängen.«

»Mit Sicherheit hat sie früher bereits versucht, Darren oder Mrs Pembroke das Bild und den Wandteppich abzukaufen«, vermutete Bob. »Aber weil es Erinnerungsstücke ihrer Großeltern waren, lehnte Mrs Pembroke den Verkauf ab.«

»Da ohnehin das dritte Element fehlte, um die Trinität komplett zu machen, gab Mrs Farnham ihr Vorhaben zunächst auf«, ergänzte der Erste Detektiv.

»Doch als die Uhr plötzlich doch noch auftauchte, gab es für sie kein Halten mehr«, stellte Luke mit finsterer Miene fest.

Justus nickte. »Mrs Farnham ist eine eiskalte, mit allen Wassern gewaschene Geschäftsfrau. Sie wusste, dass die Profite von Comtesse Alanas Astralgesellschaft durch die Decke gehen würden, wenn sie damit werben könnte, bei ihren Sitzungen die legendäre Kranich-Trinität von Mina Crandon einzusetzen.«

»Das ist auch der Grund, warum sie den Teppich und das Gemälde nicht einfach stehlen lassen konnte«, erklärte Pe-

ter. »Dann wäre es ihr unmöglich gewesen, die Stücke öffentlich zu präsentieren.«
»Aber … das kann doch nicht sein«, murmelte Mr Vaughn fassungslos. Auch Alvin Cray schien angesichts des Gehörten regelrecht unter Schock zu stehen.
Ungerührt fuhr Bob fort. »Mrs Farnham musste also einen anderen Weg finden, um ans Ziel zu kommen. Von Darren hatte sie vermutlich irgendwann mal vom Fluch des Harpuniers erfahren. Diese Schreckgestalt kam ihr nun gerade recht, um sie gegen Mrs Pembroke einzusetzen.«
»Und da Sie wussten, dass meine Tante eine starke und mutige Frau ist, haben Sie Earl dazu angestiftet, sie mit einer Droge so zu verwirren, dass sie an den Spuk glaubte«, zischte Luke sie aufgebracht an.
Justus verschränkte mit eisiger Miene die Arme vor der Brust. »Ein wahrhaft widerwärtiger Plan, der dank seiner perfekt aufeinander abgestimmten Komponenten auch beinahe aufgegangen wäre. Während Sie selbst wie eine Spinne im Netz den Ausgang des Geschehens abwarteten, erledigten Ihre willigen Helfer die ihnen zugedachten Aufgaben: Mr Cray stellte das Kaufkapital zur Verfügung und agierte als Darrens ›Seele‹, Earl verabreichte Mrs Pembroke die halluzinogene Substanz, Mr Vaughn alias Rotbart fungierte als Außenposten und Berater für die Angriffe, da er Haus und Grundstück bestens kennt, und die Walcotts kamen als dämonischer Harpunier und Geisterfrau zum Einsatz.«
»Das ist doch irrsinnig!«, rief Mr Walcott außer sich.
»Keineswegs«, widersprach Justus. »Denn jeder von Ihnen

versprach sich einen individuellen Nutzen von den Aktionen – sei es mentales Gleichgewicht, eine heraufbeschworene Romanze, die Verhinderung eines befürchteten Qualitätsverfalls der Wohngegend oder schlicht und einfach fünfhundert Dollar.«

Peter ließ seinen finsteren Blick über die Runde schweifen. »In Wirklichkeit waren Sie alle Marionetten, die Mrs Farnham nach Lust und Laune für sich tanzen ließ.«

»Ihr alleiniges Ziel war es, Mrs Pembroke so sehr in Panik zu versetzen, bis sie das Haus schließlich aufgeben und an Mr Cray verkaufen würde«, fügte Bob an.

Der Erste Detektiv nickte. »Da im Vertrag ausdrücklich vorgesehen war, dass sämtliches Inventar im Kauf inbegriffen sein sollte, wären automatisch auch der Wandteppich und das Gemälde in seinen Besitz übergegangen. Anschließend wäre es Comtesse Alana ein Leichtes gewesen, sich beides mit irgendeinem Vorwand unter den Nagel zu reißen.«

»Das könnt ihr mir niemals beweisen«, giftete die bislang vollkommen stumm gebliebene Kakadu-Frau.

»Möglicherweise doch …«, meldete sich nun erstmals der Student zu Wort. Auf ein Nicken von Justus hin holte er sein Handy hervor und wählte eine Nummer. Wenig später ertönte eine beschwingte Melodie, die Mrs Farnham merklich zusammenzucken ließ. Mit verhärteten Gesichtszügen holte sie ein billig aussehendes Mobiltelefon aus ihrer Handtasche und schaltete es aus.

Der Erste Detektiv lächelte triumphierend. »Ihr Prepaid-

Handy für besondere Zwecke, wie ich annehme? Ich hatte gehofft, dass Sie dank unseres Vorwands so arglos sein würden, es mitzunehmen. Deshalb wählte ich Earls Räumlichkeiten für unser kleines Stelldichein, da nur hier Netzempfang besteht.«

»Damit wäre eindeutig bewiesen, dass *Sie* es waren, die Earl zu seinen Taten angestiftet hat«, stellte Peter grimmig fest.

»Nichts ist bewiesen!«, keifte Mrs Farnham angriffslustig. »Meine Nummer könnt ihr doch von wer-weiß-wo haben!«

»Das stimmt«, räumte Bob ein. »Aber die Polizei wird feststellen, welche Nummern Sie in den vergangenen Tagen und Wochen gewählt haben. Und ich würde wetten, dass da neben der SMS an Earl auch einige interessante Nachrichten an die anderen hier Versammelten auftauchen werden.«

»Jetzt habe ich von diesem ganzen Humbug aber endgültig die Nase voll!«, brüllte Mr Walcott und baute sich drohend vor den Jungen auf.

»Mäßigen Sie sich!«, forderte ihn Rupert auf. »Ansonsten sehe ich mich gezwungen, Sie mit anderen Mitteln in die Schranken zu weisen.« Mit diesen Worten öffnete er den Schrank und deutete auf die Flinte.

Der Hüne hielt inne und schnaubte wie ein gereizter Stier, ließ sich dann jedoch wieder auf seinen Stuhl sinken.

»Ich kann Ihren Unmut über die Entlarvung durchaus nachvollziehen«, erklärte Justus. »Schließlich haben Sie und Ihre Frau sich durch die körperlichen Attacken auf Mrs

Pembroke und den Butler in erheblichem Maße schuldig gemacht.«

»Wie konnten Sie meiner Tante das nur antun?«, fragte Luke verbittert.

»Aber … wir haben überhaupt nichts getan!«, entfuhr es Mrs Walcott. »Wir kennen diese Mrs Farnham gar nicht und von einem Harpunier oder einer Geisterfrau habe ich noch nie etwas gehört!«

Der Erste Detektiv stutzte. Er hatte im Laufe der Zeit schon unzählige, zumeist verlogene Unschuldsbeteuerungen gehört, aber Mrs Walcott wirkte tatsächlich aufrichtig. Und in der Miene ihres Mannes konnte er neben heftiger Wut keinerlei Anzeichen von Nervosität erkennen, sondern nur blanke Verwirrung.

»Dann erklären Sie mir doch bitte, wieso Sie Ihren Mann gestern fragten, ob schon wieder die ›Vogelfrau‹ gekommen sei«, forderte Justus sie auf. »Damit kann doch nur Mrs Farnham gemeint gewesen sein.«

»Blödsinn!«, fauchte Mr Walcott. »Meine Frau meinte eine elend hartnäckige Tierschützerin, die uns seit Tagen mit irgendwelchen Vogelbeobachtungsbögen nervt.« Verärgert wedelte er mit den Händen herum. »Die erwartet ernsthaft, dass wir uns in den Garten hocken und Möwen zählen – das muss man sich mal vorstellen! Möwen! Die tun doch den ganzen Tag nichts anderes als kreischen und rumkacken! Von mir aus kann man die Viecher allesamt abschaffen!«

Verunsichert deutete Justus auf Mrs Walcott. »Und … warum sind Ihre Knie so zerkratzt?«

»Weil ich in den letzten Tagen das Unkraut in meinem Gemüsebeet gejätet habe«, erwiderte sie irritiert.
»Was gehen dich überhaupt die Knie meiner Frau an, du Lümmel?«, polterte der Koloss.
Während er noch weiterschimpfte, trat Peter beunruhigt an den Ersten Detektiv heran. »Just … das hört sich ziemlich echt an, oder?«
»In der Tat«, gab Justus betreten zu. »Aber wenn die Walcotts unschuldig sind, wer ist dann –«
Doch weiter kam er nicht, denn in diesem Moment wurde der Butler grob ins Zimmer gestoßen und eine gewaltige Silhouette erschien im Türrahmen.
Panisch wich Luke mehrere Schritte zurück.
»Der Dämon!«

Ende mit Schrecken

Die Körpergröße des monströsen Harpuniers, den alle bis auf Mrs Farnham nun fassungslos anstarrten, stellte sogar Mr Walcotts Leibesfülle in den Schatten. Der Dämon maß deutlich über zwei Meter und mächtige Muskeln wölbten sich unter dem schwarzen Ledermantel, der bis zu den Schäften der altmodischen Stulpenstiefel herabreichte. Die zerfetzte Krempe seines Huts hüllte das grässliche Hai-Gesicht fast vollkommen in Schatten. Mit seiner rechten Faust hielt der Goliath den Schaft seiner riesigen Harpune umschlossen, deren Spitze er nun auf Rupert richtete.

»Keiner rührt sich oder es gibt dürren Hering am Spieß«, knurrte er mit abgrundtiefer Grabesstimme. Dann fixierte er Luke mit seinen riesigen schwarzen Augen. »Du!«

Der Junge zuckte verängstigt zurück.

»Du gehst jetzt reihum und fesselst alle bis auf die bunte Lady.« Mit diesen Worten warf ihm der Riese eine große Rolle schwarzes Klebeband zu.

Aus den Augenwinkeln hatte Justus inzwischen bemerkt, dass Bob sich momentan außerhalb des Blickfelds vom Harpunier befand. Beim Auftauchen des Dämons war der Dritte Detektiv überrascht zurückgewichen und über ein Kabel von Earls Apparaturen gestolpert. Da die Aufmerksamkeit aller Anwesenden auf die Tür gerichtet gewesen

war, hatte niemand von dem Missgeschick Notiz genommen. Nun kniete Bob hinter einem Sessel, der schräg vor dem großen Kleiderschrank stand. Der Schrank … Sofort liefen Justus' Gedanken auf Hochtouren und auch Bob schien klar zu sein, welche Chance sich ihm bot. Er signalisierte dem Ersten Detektiv mit einem Kopfnicken, dass er verstanden hatte und nun Rückendeckung brauchte.
Um die allgemeine Aufmerksamkeit auf sich zu lenken, ergriff Justus kurzerhand das Wort. »Ich gestehe freimütig, dass ich mich beim Dämon auf ganzer Linie geirrt habe. Ich beging den uralten Fehler, das vermeintlich Offensichtliche zu schnell als Tatsache zu betrachten.« Er blickte zur Kakadu-Frau hinüber, die inzwischen eine kleine Plastiktüte aus ihrer Handtasche geholt hatte. Wie ein Kinogast, der popcornkauend den Film genießt, begann sie nun in aller Seelenruhe, Kürbiskerne zu knacken.
Mit finsterer Miene deutete der Erste Detektiv auf das Ehepaar, dem Luke soeben mit dem Klebeband die Hände und Füße fesselte. »Da Mr Walcott nicht hinter dem Harpunier steckt, dürfte auch die Unschuld seiner Frau feststehen, die ich wegen ihrer ähnlichen Physiognomie und Haarlänge für die Geisterfrau gehalten hatte. In Wahrheit jedoch waren Sie es selbst, Mrs Farnham.«
Auch Peter hatte inzwischen begriffen, was Bob vorhatte, und schaltete sich ebenfalls ein. Böse funkelte er die Kakadu-Frau an. »Sie als Show-Profi wollten es sich wohl nicht nehmen lassen, die Rolle der messerschwingenden Seele von Mrs Pembroke selbst zu spielen, stimmt's?«

»Warum sollte ich das jetzt noch abstreiten?«, erwiderte Mrs Farnham gelassen und ließ einen weiteren Kürbiskern zwischen ihren dünnen Lippen verschwinden.
Während er sie betrachtete, kam Justus plötzlich eine Eingebung. »Ich Esel hätte auch schon viel früher darauf kommen können. In der Nacht, als ich die Geisterfrau vor mir sah, hatte ich nämlich eine unwillkürliche Assoziation an Thanksgiving. Eigentlich nahm ich an, dass das nur an dem großen Dolch lag, der mich an ein Tranchiermesser erinnerte. Aber da war noch etwas anderes.«
»Nämlich?«, fragte Mrs Farnham mit neugierig erhobener Augenbraue.
»Ich musste an das Kürbisbrot denken, das meine Tante immer an Thanksgiving backt. In der Luft lag nämlich ein leichter Geruch nach Kürbiskernen, auf die Sie ja so versessen sind.«
Amüsiert deutete die Kakadu-Frau ein Händeklatschen an.
»Exzellent kombiniert, Kleiner. Allerdings einen Tick zu spät.«
Luke hatte inzwischen alle im Raum bis auf Mrs Farnham gefesselt. Während Mr Walcott ununterbrochen heftige Flüche vor sich hin murmelte, war von seiner Frau nur ein leises Wimmern zu hören. Die betrogenen Komplizen Earl Forrester, Lance Vaughn und Alvin Cray schienen immer noch wie gelähmt zu sein, denn sie hatten während der vergangenen Minuten kein einziges Wort von sich gegeben.
Grob band der Harpunier nun auch Luke die Hände auf

den Rücken. Verängstigt schaute der Junge zu Mrs Farnham hinüber. »Was … wird denn nun aus uns?«

»Oh, das verrate ich dir gern, Spatz.« Mit vielsagendem Grinsen zog die Kakadu-Frau ein schmales Fläschchen und einen großen Wattebausch aus ihrer Handtasche. »Jeder von euch nimmt gleich ein paar tiefe Atemzüge von diesen Zaubertropfen und dann werdet ihr alle in ein kunterbuntes Traumland reisen.«

»Währenddessen werden Sie und Ihr Dämon sich den Wandteppich und das Gemälde schnappen und auf Nimmerwiedersehen verschwinden«, ergänzte Peter zornig.

Justus nickte. »Vermutlich ebenfalls in ein Traumland, allerdings in ein reales. Schließlich können Sie sich hier in Kalifornien mit der gestohlenen Kranich-Trinität nicht mehr blicken lassen.«

»Kluges Bürschchen«, erwiderte Mrs Farnham. »Es war zwar anders geplant, aber das Leben birgt nun mal Überraschungen, mit denen man sich arrangieren muss. Glücklicherweise habe ich meine treuen Alana-Jünger im Lauf der Jahre ausreichend geschröpft, um mir einen standesgemäßen Neustart zu gönnen.« Mit einem entrückten Lächeln breitete sie die Arme aus. »Wohin genau die Reise geht, werde ich nach einer kosmischen Meditation inmitten der Kraniche entscheiden.«

»Die Tussi hat ja wirklich 'ne Schraube locker«, murmelte Peter, der inzwischen neben Justus, Luke und Rupert auf dem Boden saß.

Nervös bemerkte der Erste Detektiv, dass der Harpunier

begonnen hatte, hektisch seinen Blick über die Gefangenen schweifen zu lassen.
»Verdammt!«, brüllte der Riese unvermittelt. »Wo ist der vierte Junge?«
Doch bevor er in den Raum stürmen konnte, erklang hinter ihm plötzlich ein lauter Ausruf.
»Nimm das, du elendes Ungeheuer!«
Es folgte das Geräusch eines dumpfen Schlages, woraufhin der Dämon wie ein gefällter Baum zu Boden stürzte. Im Türrahmen erschien jedoch nicht Bob, sondern …
»Tante Gwen!«, rief Luke ungläubig.
Mrs Pembroke, die wieder ihren grünen Morgenmantel und die roten Schnallenschuhe trug, ließ langsam den massiven Kamin-Schürhaken sinken, mit dem sie soeben den Harpunier außer Gefecht gesetzt hatte. Als sie sah, dass Mrs Farnham hastig aufspringen wollte, hob sie ihn jedoch wieder drohend in die Höhe wie einen glänzenden Säbel.
»Dein Hintern bleibt, wo er ist, Darby!«
Wie vom Donner gerührt ließ sich die Kakadu-Frau wieder auf den Stuhl fallen.
»Bravo, Lady!«, jubelte Mr Walcott. »Alle Achtung – du hast ja einen mächtigen Wumms am Leib!«
Nun erschien auch Bob keuchend in der Tür. Sein fassungsloser Blick zuckte zwischen Lukes Tante und dem ohnmächtigen Dämon hin und her. »Was …?«
Justus strahlte. »Mrs Pembroke hat dem Fluch des Harpuniers soeben eigenhändig ein Ende gesetzt.«
»Tante Gwen – du bist wieder gesund!«, jauchzte Luke.

»Gesund wäre zu viel gesagt«, erwiderte Mrs Pembroke mit schwachem Lächeln. »Aber zumindest sind die schrecklichen Panikgefühle verflogen.«
Peter gab einen tiefen Seufzer von sich. »Genauso verflogen wie der ganze Dämonenspuk …«

Kurz darauf waren Justus, Peter, Luke, Rupert und das Ehepaar Walcott von ihren Fesseln befreit. Der Harpunier hingegen lag nun gut verschnürt zu Füßen seiner Komplizen. Unter seinem Mantel lugten zwei längliche Gummisäcke hervor, in denen sich, wie Justus rasch feststellte, mehrere Liter Salzwasser befanden.
Mrs Pembroke hatte sich inzwischen auf einem Sessel niedergelassen und streichelte die Hand ihres Neffen, der neben ihr auf einer der Lehnen saß. Trotz ihres angeschlagenen Zustands wirkte sie im Vergleich zu den Vortagen wie das blühende Leben. Die wächserne Blässe war aus ihrem Gesicht gewichen und ihre Augen wirkten deutlich klarer.
»Mir kommt das alles wie ein langer, furchtbarer Albtraum vor, aus dem ich erst jetzt wieder erwacht bin«, murmelte sie kopfschüttelnd. »An die letzten Tage kann ich mich nur bruchstückhaft erinnern.«
»Wir werden Ihnen über die Geschehnisse ausführlich Bericht erstatten, sobald dieses Gauner-Quartett in sicherem Gewahrsam ist«, erwiderte Justus lächelnd.
Wie aufs Stichwort kündigte in der Ferne leises Sirenengeheul das Nahen der Polizei an, die Bob mit dem Wählschei-

bentelefon alarmiert hatte, nachdem er über den geheimen Schacht ins Erdgeschoss geklettert war.

Neugierig trat Peter an den immer noch bewusstlosen Hünen heran. »Nun wollen wir doch mal sehen, wer sich wirklich hinter dem Monster-Harpunier verbirgt …«

Langsam zog er die unförmige graue Latexmaske herunter. Zum Vorschein kam das grobschlächtige Gesicht eines etwa 45-jährigen Mannes mit schulterlangen rostbraunen Haaren und struppigem Dreitagebart.

Peter stockte perplex. »Ich … glaube, ich kenne den Typen!«

»Was?«, fragte Luke überrascht. »Woher denn?«

Auch die anderen blickten Peter verblüfft an.

»Wenn ich mich nicht irre, war dieser Riese früher mal Wrestler«, erklärte der Zweite Detektiv. »Er war ziemlich berühmt und hat in den wichtigsten Ligen gekämpft. Sein Ringname war ›The Destroyer‹ oder so ähnlich. Seit er wegen einer Verletzung den Job aufgeben musste, hält er sich mit kleinen Auftritten in Shows und Serien über Wasser.«

»Dann hat er wahrscheinlich auch für Celebrity Starshine gearbeitet und dort Darby kennengelernt«, vermutete Luke.

»Und die vermittelte ihm eine lukrative neue Anstellung als Dämon«, erwiderte der Erste Detektiv bissig. »Allerdings wird er diesen Ausflug ins Fluch-Geschäft nun mit dem Gefängnis bezahlen müssen.«

»So wie jeder Verbrecher, der es wagt, sich mit den drei ??? anzulegen«, ergänzte Peter zufrieden.

Bob schmunzelte. »Gegen Lord Superhirn, Iron Dietrich und Captain Bücherwurm ist sogar ein Dämonen-Harpunier machtlos!« Plötzlich blieb sein Blick an einer Zeitung haften, die auf einem Glastisch lag. Belustigt erkannte er, dass zufällig die Seite mit dem gestrigen Fernsehprogramm aufgeschlagen war. »Übrigens hätte ich nie gedacht, dass ich mal in die Fußstapfen von Cary Grant treten würde.«

»Du?«, fragten die anderen wie aus einem Mund.

»Und ob!« Mit breitem Grinsen deutete Bob auf den Kleiderschrank. »Schließlich war *ich* heute ›der unsichtbare Dritte‹!«